EN UNA
SILLA
DE RUEDAS

EN UNA SILLA DE RUEDAS

CARMEN LYRA

Editorial Costa Rica

EN UNA SILLA DE RUEDAS
Carmen Lyra (María Isabel Carvajal).
© Editorial Costa Rica.
Apartado Postal 10010-1000. San José, Costa Rica.Tel.: 33-5857,
23-9303, 23-7513, 23-4875. Fax(506)22-9303.

Composición Tipográfica: LEVANTEX.
Corrección de pruebas de Fernando Quijano.
Diseño de cubiertas de Alan Castro.

Quinta reimpresión aprobada por el Consejo Directivo de la Editorial Costa Rica
en sesión N°.1500. Hecho el depósito de Ley. Impreso por Editorama S.A. en el
mes de mayo de 1992, con un tiraje de 5.000 ejemplares en papel periódico y
cartulina barnizable. Derechos reservados conforme con la Ley de Derechos de
Autor y Derechos Conexos. D.R. © Editorial CostaRica.

CR863.
4L992e4 Lyra, Carmen, seud.
            En una silla de ruedas / Carmen Lyra.
  -5ª. reimp.- San José: Editorial Costa Rica, 1992.
            200p. ; 17cm.

        ISBN 9977-23-079-X

    1-Novela costarricense. I. Título.

DG/PT   92-11

A MANERA DE PROLOGO

No hace mucho tiempo que en un viejo baúl
—propiedad de una tía que me sirvió de madre—
encontré un rollo de papeles manuscritos, atado
con un cordoncito de seda azul. El tiempo los
había puesto amarillentos, y comejenes y pejecillos
los tenían todos agujereados. Eran los originales de
"En una silla de ruedas", novela que escribí hace
mucho, pero mucho tiempo, tanto que me dan ganas de decir que ese hecho se pierde en la noche de
los tiempos. Entonces yo no había cumplido mis
veinte años y la novela se publicó por ahí de 1917
en una corta edición. El único ejemplar que me
queda está sucio y hasta comido por las ratas. Una
mano amiga lo rescató de un basurero en la Casa
Presidencial que acababan de abandonar los Tinoco
cuando dejaron el Poder y huyeron al extranjero.

Me conmoví profundamente cuando encontré
estos originales. Me pareció ver las manos de mi
vieja tía —adoloridas y deformadas por el reumatismo— haciendo el rollo con todo cuidado y

7

luego atándolo con aquella cinta desteñida por el tiempo. La pobreza apenas le permitió aprender a leer, pero quería el esfuerzo que yo había realizado. Besé el recuerdo de esas queridas manos que en vida tanto bien me hicieran y que ahora andan entre el polvo de la tierra. Con el manuscrito en el regazo desempolvé memorias muy lejanas frente al antiguo cofre. En el interior de la tapa se veían restos de figurines; modas pasadas, mangas de jamón, largas faldas y damas con cintura de avispa y enormes sombreros adornados con plumas. Hay un cromo desteñido: es una linda señorita vestida de rojo, con su miriñaque y su pequeña sombrilla que apenas le protege la rubia cabellera. Cuando yo era chiquilla, los hombres llevaban en el forro de sus sombreros de pita, cromos como el que encuentro pegado en la tapa del baúl. Hoy las niñas tapizan las puertas de su armario con fotografías de estrellas del cine.

Desato el rollo de cuartillas. Son de diferentes tamaños y de diferentes clases de papel. Qué apretados los garabatitos con que mi mano iba contando las tristes aventuras de Sergio Esquivel y las ternuras de Mama Canducha. Allá, muy lejos en el tiempo, estoy yo inclinada sobre estas cuartillas en altas horas de la noche. En ese entonces la máquina de escribir no contaba para mí. La pluma corría sobre la superficie del papel y producía un ruido pequeñito como el del roer de un ratoncillo en una dura corteza. A veces yo misma me ponía a llorar de las cosas tan tristes que le ocurrían al niño *condenado a vivir en una silla de ruedas.*

La persona que escribió todo esto, era una criatura que vivía emocionada en la superficie del espacio y del tiempo y su pensamiento giraba como una mariposa loca alrededor de una llama. El mejor guía de la juventud inquieta de Costa Rica en aquellos días, era José Enrique Rodó, con su "Ariel" y sus "Motivos de Proteo". Nuestro concepto del ideal estaba encarnado en el gentil Ariel de Shakespeare, el geniecillo del aire desligado de la tierra y tan grato —como dice Aníbal Ponce— a los Prósperos eruditos y a las Mirandas de los principios del Siglo XX, unos y otros tan despectivos ante el monstruo Calibán, sin el cual no pueden pasarse, pues él es quien busca la leña y las enciende el fuego a cuyo amor cocinan los alimentos y calientan sus miembros finos y friolentos.

Por aquel tiempo mi sed de justicia sabía aplacarse con el gesto misericordioso del Obispo de "Los miserables", quien ofrece al ladrón —para defenderlo— sus candelabros de plata cuando los gendarmes lo traen ante el bondadoso prelado con los cubiertos que Juan Valjean había robado. Este gesto del personaje de Víctor Hugo se entendía muy bien dentro de mi conciencia de entonces con la no resistencia al mal de Tolstoy y con la rebeldía de los personajes de Zolá. Yo leía cuanto me caía en las manos en mi ansia de saber y de acallar el hambre de mi fantasía. ¡Qué confusión había dentro de mi cabeza! En vano la colección Ariel del maestro García Monge —publicación en la que dominaba el motivo romántico— trataba de poner algún orden entre aquella maraña de ideas y de emociones. De lo que ocurría en el mundo, del movimiento revolucionario de Europa, de la primera Guerra Mundial y de sus causas, yo nada sabía. Vivía como en otro planeta, como si el rugir de los cañones de Verdún no tuviera nada que ver con mi país ni conmigo. Para mí, sólo Francia, la Francia conocida a través de libros sentimentales, era la única que tenía razón en la contienda.

Una inteligente amiga mía, una doctora en medicina a quien di a leer mi novela, me hizo una crítica que encuentro muy atinada: me decía que yo trataba sólo el lado sentimental del conflicto, que no me había atrevido a bajar al infierno que se desarrolla dentro de un ser humano mutilado por la parálisis. El drama sexual apenas si lo toco. Mi ignorancia de entonces alrededor de esa situación y posiblemente los prejuicios me obligaron a pasar en puntillas sobre la superficie de ese fenómeno. Me criticaba también mi amiga el "final feliz" que doy a "La silla de ruedas", final digno de una película de Hollywood. Es poco real —me decía— pues la vida es cruel y no le importan los individuos sino la especie. Sin embargo el final de mi novela no es un final definitivo: allí quedó Sergio expuesto a nuevos dolores y a nuevas pequeñas alegrías.

Comparo los originales con el ejemplar que tengo al frente, y encuentro que en la primera edición fueron suprimidos muchos pasajes, como el de Ña Joaquina, el de Pastora, el de los Pajaritos

10

del *Tío José*, etc. Me pregunto por qué causa fueron excluidos, y no la recuerdo.

Saco pues, del baúl de la querida tía, mi romántica novela, como de un desván en donde se guardan cosas viejas, pasadas de moda. Retoco el texto, le quito adornos inútiles, adjetivos que hacen pesada la frase, lo pulo y le agrego los pasajes que fueron suprimidos en la 1ª edición.

Carmen Lyra

San José, Costa Rica, junio de 1946.

Cuando llegó esta desgracia, Sergio aún no había cumplido sus dos años.

Una mañana la madre abrió la ventana del dormitorio y el niño permaneció quieto en su camita, como si el sol no hubiese entrado en la habitación sorbiéndose la oscuridad que la llenaba. No hubo como todos los días, frotamiento de ojos, risas torpes porque aún tenían las alas metidas en el sueño, ni brazos impacientes agitándose en reclamo del cuello materno. Se le hubiera creído muerto si su mirada no se hubiese tendido llena de angustias a la madre.

El pequeño se acostó alegre. Antes de dormirse jugó y retozó en el regazo de la vieja Canducha y cuando ella acomodó la cabeza de Sergio en la almohada y subió el embozo para que no pasase frío, aún no se le había cerrado en su boca la risa.

Al abandonarse al sueño, parecía una vida que iba al encuentro del sol; al despertar, era una vida que la suerte había dejado en el país brumoso de la tristeza. Era como si una hada maléfica se hubiera deslizado entre el silencio de la noche hasta la cama de Sergio y hubiera vaciado su rencor en esta existencia que comenzaba a abrirse.

Se llamó al médico. Su diagnóstico fue que se trataba de un caso de la Parálisis de la mañana de West. La familia no entendió lo que aquello quería decir. Lograron salvarle la vida, pero la enfermedad no quiso abandonar las piernas.

El anciano médico que lo vio nacer exclamó alegremente cuando Sergio llegó a este mundo, al mirarlo tan bien conformado: — ¡Bienvenido, muchacho! Se ve que Nuestro Señor estaba de buen humor cuando te hizo. Aquí tenemos a uno a quien nos mandan bien armado para ir por este valle de lágrimas.

Pero el tiempo vino a demostrarle que por más médico que fuera, no tenía nada de profeta; El mismo fue quien dijo con voz apenada al colega que acudió a ayudarle a estudiar aquel caso, mientras movía en todo sentido las piernecillas marchitas:

—Miembros de Polichinela, amigo mío. Un culdejatte para mientras viva. Ojalá me equivoque . . .

¡Un *cul-de-jatte!* Y Sergio sonreía al médico que a la cabecera de su cama le auguraba un destino muy diferente de aquel que entreviera para el niño el día de su nacimiento.

Más tarde se pidió para él a los Estados Unidos, una silla de ruedas. Era una silla que mediante cierto mecanismo podía ensanchar asiento y respaldo, un aparato que crecería conforme Sergio lo necesitara. Estaba hecha de madera a prueba de comején, y de acero labrado; tenía adornos dorados y los almohadones forrados en terciopelo. Todo en ella era pulido y reluciente, sin embargo era un mueble triste.

Jamás Cinta, la madre de Sergio, ni Canducha, olvidaron el primer día en que el chiquillo fue colocado en la silla; entre almohadones suaves. El pobre reía y palmoteaba como si se tratara de un juego.

La vieja criada se enjugó los ojos, a las escondidas, con la punta del delantal: — ¡Virgen de los Angeles! ¡ Que el niño Sergio no se quedara en aquella silla! ¡Que hiciera un milagro! Ella le ofrecía unas piernas de oro que iría a colgar en su altar apenas viera que su cholito "se decida a andar como los cristianos".

Cinta empujaba la silla. La rodó hacia el jardín y el chirrido de las ruedas en la arena, se le metió en el corazón como una espina.

Pasaron los años y el milagro que anhelaba Canducha no se realizaba. Muchas veces los dorados de la silla perdieron su brillo y se hicieron relucir nuevamente, y muchas veces también fueron renovados los almohadones de terciopelo. El niño continuaba en ella. Sergio y el mueble iban creciendo a la par.

Era la figura de Sergio una de esas figuras que no se olvidan nunca: moreno y pálido, con una frente amplia y una nariz recta que prometían un noble perfil de varón. Sus ojos grandes de córnea muy blanca, miraban bajo las pestañas muy largas y negras con una mirada que hacía pensar en las corrientes de agua que se arremolinan bajo los bosques tupidos. El cabello abundante, negro y lacio, se lo recortaba la madre en torno del cuello delicado y frágil. La inquietud y la alegría de la infancia, prisioneras en este cuerpo condenado a vivir en una silla de ruedas asomaban siempre por sus ojos y por sus labios, como esos traviesos rayos de sol que en un día oscuro saben abrirse camino a través de la lluvia y de la niebla. Era tranquilo con esa resignada tranquilidad resignada de los árboles en los días apacibles, cuando no hay viento.

Todas las energías que tenía su cuerpo para ser empleadas en los movimientos incesantes de la niñez, habían venido a formar su cerebro y su corazón de donde salían —con triste suavidad— a refrescar lo que constituía su mundo. Desde su silla velaba por todos y por todo: por su madre, por sus hermanitas, por Canducha, por Miguel. Y como si su amor no se conformara con los seres humanos, iba hasta sus palomas, sus conejitos, su gata Pascuala, sus plantas. Pasaba las mañanas bajo un naranjo del jardín y en torno de su silla era que los comemaíces y los yigüirros armaban sus algarabías. Los comemaíces venían a sus hombros y a sus regazos a picotear las migas que él ponía allí para ellos, con la misma confianza con que se posaban en el arbolito de murta.

En torno de la silla rondaban las ternuras de Cinta, de las dos hermanitas, de mamá Canducha y de Miguel. Si alguien hubiese preguntado cuál de estas ternuras era la más honda no se habría podido precisar, poque cada una, a su modo, era la más honda. Sergio sentadito en su silla era allí el verdadero hogar. Era como una pequeña hoguera alrededor de la cual había manos afanosas para que no se extinguiera . . . Era tan grato al corazón el calor de su llama!

La madre de Sergio se llamaba Jacinta, pero en casa siempre le dijeron Cinta. Para el niño no había en este mundo nada más bello ni mejor. Cuando Cinta salía, se ponía triste y no sonreía sino cuando sus oídos percibían otra vez su taconeo gracioso, sus risas y sus exclamaciones.

Cinta era una personita encantadora, con el cerebro a pájaros. La verdad es que si Candelaria no hubiese estado siempre alerta, aquella casa no habría caminado bien. Los treinta años no lograron llevar la gravedad a esta criatura que jamás enterró la ligereza de su infancia. Era menuda y graciosa con la cabeza hecha un nido de colochos oscuros, una de esas figuras pequeñitas de mujer que inspiran deseos de cogerlas y ponerlas de adorno sobre una consola, como si fueran una chuchería artística de gran valor.

Gracia y Merceditas eran menores que Sergio. A María de la Gracia la llamaban también

Tintín porque estaba siempre alegre. Por donde ella andaba había repique de risas, cantos y bailoteo. No podía guardar una idea dos segundos entre la cabeza: parecía que le picaba y enseguida la sacaba por la boca. Cinta decía que su muchachita pensaba en música, porque todo lo que le pasaba por la cabeza lo decía cantando. Candelario le dijo un día en que le estaba alborotando la cocina: —Hijita, parecés una campanilla colgada en una boca-calle, que con sólo que la vuelva a ver el viento ya está golpeando con su badajito ... tin tin, tin tin ...” Desde entonces Sergio la llamó "Campanita" y de allí a darle el apodo de Tintín, fue un paso. Era ella quien inventaba todos los juegos a que se entregaban, y se ingeniaba de modo que Sergio siempre pudiera jugar como si tuviese buenas sus piernas.

Merceditas era la menor de los tres. Hacía el efecto de una briznita de hierba, y Sergio recordó con emoción, más tarde, la pequeña y suave figura de su hermanita menor, con el cabello peinado en dos trenzas que remataban en sendos lazos. La recordaba sentada a sus pies, con su silencio colmado de ternura, jugando con una muñeca negra de trapo, a quien las niñas llamaban Luna —manufactura de mama Canducha— con los ojos, la boca y la nariz dibujados con arabia roja. Los alborotos de Cinta y de Gracia, la hacían sonreír apenas y se escondía temblando en un rincón cuando Gracia ponía a Sergio a jugar "quedó"

Sufrió mucho la primera vez que comprendiera la razón por la cual Sergio tenía que estar siempre sentado en esta silla que al principio ella tomara por un juguete. Fue una mañana, mientras lo bañaban, cuando se dio cuenta de que las piernas de Sergio no eran como las suyas ni como las de Gracia. Aquella piel azulada pegada a los huesos, la hizo estremecerse de pena. Buscó a Candelaria y le dijo: —Mama Canducha, ya sé por qué Sergio no puede caminar. Tiene las piernas de un modo ... Después se le harán como las mías, mamita Candelaria?

La anciana le contestó llorando: —No mi hijita, posiblemente Sergio no podrá caminar nunca.

—Yo quisiera darle mis piernas, mama Canducha. Yo no las necesito. A mí me gusta estar sentada haciéndole vestidos a Luna. ¿Puedo cortármelas y dárselas?

—No mi hijita, si esto se pudiera, ya hace tiempo que yo le habría dado las mías.

Merceditas se fue entonces a un rincón a llorar. A partir de ese día no volvió a correr, ni hizo sino aquéllo que podía hacer Sergio. Sus pequeñas manos tuvieron para estas piernas, ternuras por nadie sospechadas: las apretaba a menudo contra su corazón, y cuando de noche llevaban a Sergio a la cama, ella le buscaba los pies y trataba de calentarlos con sus besos.

Pero entonces Sergio era muy niño y no podía medir la profundidad de estos cariños. Fue ya de hombre que los sacó de su memoria con los ojos llenos de lágrimas.

La vieja Canducha llamaba "Mamita" a Mer-

ceditas. Le decía por ejemplo: —"Mire Mamita,
¿quiere ayudarme a desvenar este tabaco?" Y Merceditas iba y desvenaba el tabaco. O bien, cuando
andaba en trabajos enhebrando una aguja con sus
ojos cansados: "—Mamita, quiere ensartarme esta
aguja? . . . Es que como no veo bien . . ." Y Merceditas se ponía a ensartar la aguja, muy solícita.
Cuando Mama Canducha volvía de hacer compras
los sábados en el Mercado la llamaba: "Mamita,
vaya a ver las ollitas que le traje para que jueguen
de comidita. También les traje unas tapitas de
dulce". Se trataba de unos panes de azúcar moreno
y de unas pequeñas vasijas de arcilla que los alfa-
reros de Alajuela fabrican para los niños de la
ciudad y traen al Mercado junto con las ollas grandes y las tinajas. Merceditas se ponía muy contenta, subía al taburete de cuero que estaba en la
cocina, para alcanzar la cara morena y arrugada de
mama Canducha y darle unos besos muy cariñosos.

> *Sus pasos hollaron la pradera y de-*
> *jaron en pos de sí las rosadas margari-*
> *tas.*
>
> *Tennysen*

Candelaria era una anciana india de origen
guanacasteco, con la piel muy oscura, color de teja;

facciones rudas con unos pómulos salientes y entre el pecho un corazón sin malicia, lleno de amor por su prójimo. Miguel decía que Candelaria era como los cocos que tienen una pulpa blanca y sabrosa envuelta en una cáscara dura de color terroso.

Muy limpia con la limpieza sencilla de las hojas tiernas del plátano. Muy pulcra en el vestir. Jacinta decía que Candelaria andaba siempre "hecha un ajito"; camisa zonta de lienzo blanco, inmaculado, reluciente por el almidón y la plancha, sin más adorno que el caballito de hiladilla que corría alrededor del cuello muy escotado; las mangas cortas dejaban al descubierto los brazos morenos, delgados y recios de la mujer que trabajaba fuerte. La falda de zaraza plegada en la cintura, bien almidonada también. Se cubría el escote y los hombros con un pañuelo de algodón a cuadros negros y blancos. Los domingos cambiaba este pañuelo por uno de seda de colorines, para ir a oír su misa. Iba descalza; nunca hubo manera de que se pusiera zapatos. Candelaria decía que ella necesitaba sentir la tierra bajo la planta de sus pies.

Era cristiana, pero con un cristianismo ingenuo y primitivo que se entretejía en su imaginación con la fe pagana de sus antepasados indios. El viernes santo iba a darle el pésame a la Virgen de los Dolores por la muerte de su Divino Hijo, y los miércoles dejaba abierta —desde buena mañana— la puerta de la cocina para que entrara San Cayetano. Limpiaba y frotaba el taburete de cuero y cuando su fantasía calculaba que el Santo estaba allí, lo

21

invitaba a sentarse y se ponía a contarle con voz suave y fervorosa todas sus necesidades y congojas y las de la gente   conocida. Sobre todo le pedía, que le curara las piernas a su muchachito.

Sergio le preguntaba:

—¿Cómo es San Cayetano Mamita Canducha?

Ella le respondía:

—¡Uh . . .! muy galán. El era italiano con los ojos azulitos como los de Miguel, pero más bonitos; el pelo rubio, alto, muy bien parecido; además era muy rico. Repartió sus riquezas entre los necesitados. Todos los pobrecitos de por allá dionde él era, le iban a contar sus necesidades y San Cayetano los oía con una paciencia . . .! Así como me oye a mí. ¡Ah! para que todos los ricos fueran como San Cayetano . . .!

Sergio seguía en sus preguntas: —¿Mamita Canducha, y usted lo ve cuando entra y se sienta? ¿Lo ve como me ve a mí?

—Pues ve, exactamente como lo veo a usted, no, mi muchachito. Pa qué voy a mentir. Es que él es un espíritu, no es de carne y hueso como nosotros. Pero lo veo sentarse en mi taburete, con una humildad . . .

—¿Y cómo anda vestido? ¿Usa pantalón y corbata?

—¡Qué ocurrencia! Cómo va a andar San Cayetano con pantalones y corbata. ¿No ve que él es un santo que viene del cielo? Lo que usa 'es una casulla dorada sobre una alba blanquitica . . . Tal vez lavada por las propias manos de la Santísima

22

Virgen María. El viene vestido como para decir misa.

Y así como les contaba de San Cayetano, les contaba del venado capasurí y del poder enamorador de los cascabeles de la serpiente cascabel.

—¿Que cómo es el venado capasurí? Pues es el venadito que tiene los cachos envueltos en una piel como de seda o de terciopelo. Pero al animal no le gusta tener los cachos así y va y se la frota en los troncos para quedar como los demás venados. Es que él no sabe que es "capasurí", que es como decir mágico, pues Nuestro Señor le puso en su corazón una piedrita de virtú. Los cazadores de mi tierra le persiguen, porque el hombre que logra matar un venado capasurí y le saca la piedra y anda con ella sobre el pecho, es muy suertero sobre todo en cosas de amor, y la piedra lo protege contra las enfermedades y contra los enemigos por la virtú que Dios le dio. Eso sí, hay que sacarle la piedra cuando todavía le late el corazón al animalito de Dios. Mi marido andaba con una piedra de éstas sobre el pecho, metida entre una bolsita, y contaba que se la había sacado del corazón a un venadito capasurí. Yo le decía a Melchor que a mí no me gustaba que él hubiera hecho eso.

Los niños pedían que les contaran más cosas, y Canducha sin hacerse de rogar les contaba de la Virgen de piedra negra que se le apareció a una indita o del poder mágico de los cascabeles de la culebra cascabela. Subía su "chinguita" de cigarro amarillo y decía:

—Pues allá en mi tierra de Guanacaste, uno de los medios más eficaces para enamorar a una mujer es echarle serenatas con un guitarra dentro de la que hayan puesto un cascabel cogido de la mismita cola de la cascabela. La cosa es coger viva la animala. El hombre se ayuda con una estaca que tenga una horqueta en la punta y con la horqueta va y prensa la cabeza de la cascabela para que no vaya a ser cosa que le meta los colmillos. Mientras la tiene asegurada le arranca de la cola uno de los cascabeles, pero toda la deligencia tiene que hacerla solito, sin ayuda de nadie. Enseguida la deja irse. Va y mete el cascabel entre la caja de la guitarra y ya está, el instrumento al momento cambia y se pone a sonar que es como oír una orquesta bien tocada. Por la noche va el hombre a serenatear a la mujer que quiere y suenan las cuerdas de la guitarra y suena la canción de una manera que es como si a uno le estuvieran echando en los oídos un maleficio o un licor encantado y toda la gente se va poniendo como borracha. Y con la mujer serenateada no hay tu tía: se ennamora del hombre y va con él hasta el fin del mundo. Así es la cosa. Mi hermano Chico que en paz descanse, tenía un cascabel en su guitarra, un cascabel que él mismo le había quitado de la cola a la culebra, y había que oír esa guitarra echando serenatas en las noches de luna allá en Nicoya. ¡Bendito sea Dios! Me parece ver a mi hermano Chico con la guitarra entre los brazos embrocado como pegando el oído en la caja del instrumento acompañando una canción que decía:

> "*¡Ay de mi palomita*
> *tan fina y tan leal!*
> *¡Ay grillos y cadenas*
> *para un sentenciado!* "

La voz de la anciana se quebraba, se hacía fina . . . no se sabía si iba a llorar o a cantar.

Mama Canducha continuaba su relato con aquel su acento guanacasteco que nunca perdió: se sorbía las eses y prolongaba las íes . . . puej; tranviya: —Deveras mi hermano Chico fue muy suertero con las mujeres. Todas lo querían. Es que era muy alegre y tenía mucha labia, y parrandero . . .! Onde estaba Chico todo era risa, bromas chanzas y cantos. El decía que el hombre, que anda con guitarra con cascabela debe tener mucho cuidado y que mientras no pasaran siete años no había que pasar por el lugar onde prensó la animala. Si da el tuerce que el animal anda por allí y ve al julano . . . hasta allí se la prestó Dios. Sucede también que la culebra se pone a buscar su cascabel por todo, y si llega a la casa onde está la guitarra con el cascabel, va y se mete en la caja del instrumento y allí se arrodaja y se está bien quietecita. Dicen que una vez un julano muy parrandero tenía un cascabel de cascabela entre su guitarra y fue una noche a echarle una serenata a una su novia, y cuando estaba en lo mejor dándole a las cuerdas, sintió de pronto que una brasa le corría por todo el cuerpo y allí

25

nomasito cayó pa no levantarse jamás. Fue que la serpiente le echó traca. Mi mama le decía a Chico que era cosa del diablo encantar guitarras con cascabel.

Merceditas preguntaba. —¿Usted vio el cascabel en la guitarra de Chico?

Candelaria contestaba esquivando la mentira:

—Es que como ya de eso hace tantos años . . . a uno se le olvidan las cosas.

El Domingo de Ramos iba mama Canducha a la Iglesia a recibir su palma bendita que ella usaba en los días de tormenta para ahuyentar el rayo, haciendo cruces con pedazos de la hoja que clavaba en la puerta de la cocina. Otra de sus supersticiones que Sergio recordó siempre con ternura era ésta: Cuando en las tardes claras, veía recortarse el cachito de la luna nueva sobre el cielo, la anciana se sacaba del seno la pataquita en donde guardaba sus reales, cogía un cinco y con la pequeña moneda saludaba a la luna —"es pa que no nos falte platica" —explicaba a los niños.

De noche la oía Sergio rezar el Rosario con acento quedo, devoto y pedir por las ¡benditas ánimas del purgatorio —sobre todo por el ánima sola— pobrecita tan sola que nadie se acuerda de ella, decía Candelaria. Pedía también por los caminantes, por los navegantes, por los pecadores.

Candelaria fue quien enseñó a rezar a los niños y los inició en los misterios de la Doctrina Cristiana, eso sí a su manera, en la que andaban mezcladas huellas de las creencias de los indios con artículos de la fe católica. A ella no le pasaba por la imaginación que alguien dijera que había más Dios que Nuestro Señor Jesucristo. ¡Y qué iba a saber Candelaria de Buda ni de Mahoma ni de Confucio, y menos que la gente se odiara o se matara por cuestiones de religión. Había una cosa que no podía soportar, y era que San Pedro hubiera negado a Nuestro Señor. Francamente, ella no quería a San Pedro por aquella acción de abandonar a Tatica Dios cuando éste más necesitaba de sus amigos. Si ella, una triste mujer, hubiera estado en el Huerto de los Olivos habría hecho frente a los sayones que llegaron a prender a Jesús. Los habría hecho huir con piedras, con palos, con lo que le hubiera caído en las manos. Y San Pedro que era un Santo, ¡haber negado que conocía a Cristo . . .! Eso no podía comprenderlo Candelaria.

Era en las mañanas, mientras molía las tortillas que enseñaba a los chiquillos el Todo Fiel. Desembrocaba la gran piedra de moler el maíz, con el mismo gesto con que deben haber desembrocado la suya las indias chorotegas adoradoras del sol. La lavaba bien y alistaba el maíz cocido en el lebrillo de arcilla. Llamaba a sus discípulos que acudían y rodeaban el molendero.

—¡Persínense! —ordenaba la maestra de teología. Y los niños hacían la señal de la cruz y se santiguaban; cruzaban los brazos sobre el pecho con devoción y comenzaban: "Todo fiel cristiano, que está muy obligado . . ." Candelaria, inclinada sobre la piedra quebraba el maíz y el ruido acompasado y monótono acompañaba el sonsonete de los niños. Los granos se convertían en masa blanca; jadeaba la anciana al llevar y traer la mano de piedra mientras pasaba y repasaba la masa. Palmeaba las tortillas con gran habilidad entre sus manos oscuras y sus dedos se pulían rítmicamente en los bordes del suave disco que luego ella iba a dejar sobre el comal caliente. Los niños repetían los Mandamientos de la Ley de Dios o el Credo, y cuando mama Canducha iba a volver la tortilla o a ponerla a asar en el brasero, se hacían morisquetas y reían bajito. El ambiente de la cocina se llenaba con el sabroso olor de la tortilla que se asaba en el rescoldo, y los niños olvidando que tenían a Cristo padeciendo bajo el poder de Poncio Pilatos, gritaban: —"Mama Canducha dénos tortilla caliente..." Y Candelaria cogía del asadero una de sus grandes tortillas con sal de cáscara crujiente y dorada, la untaba con natas de leche y la repartía entre sus discípulos, olvidado todo el mundo del gobernador romano que condenó a Cristo a morir en una cruz.

De joven había servido Candelaria en casa de los padres de Jacinta. Después se casó y tuvo hijos, pero éstos y el marido murieron. Cuando la niña Jacinta —a quien ella viera nacer— casó a su vez, Candelaria se fue con ella y le ayudó a criar a las dos muchachitas y a Sergio.

Candelaria servía con fidelidad y desinterés.

Era de esas criaturas que sirven sin rebajar su dignidad; su obediencia era inteligente, de la que ennoblece a quien la practica. En donde ella estaba, se hacía luego indispensable; se imponía enseguida, sin hacerse sentir, y muy pronto se convertía en el ama de la casa. Casi siempre su corazón estuvo en un nivel superior al de sus patrones. Lo que tocaban sus dedos oscuros y nudosos quedaba limpio y en orden. Su lengua tosca tenía en todos los momentos la palabra que se necesita; en la alegría echaba ramilletes de chispas inofensivas como las de la piedra de afilar cuando trabaja; en la ira era como el agua que apaga las llamas; en el dolor la gota de aceite que calma.

Existencia humildosa y noble; evocaba el verso del poeta inglés: "Sus pasos hollaron la pradera y dejaron en pos de sí las rosadas margaritas". Si a Candelaria la hubiéseis dicho esto, no os habría comprendido. Sus pies desnudos, morenos, de planta endurecida, dejando huellas sobre las que nacían flores. ¡Vaya, vaya y qué modos de hablar!

Para los niños era algo tan indispensable como su madre. La llamaban mama Canducha. Ellas los quería a todos pero su cariño por Sergio era casi un fanatismo. Cuando murieron sus hijos y su marido, su amor quedó flotando como una hebra de miel en el espacio; un día se encontró con esta vida triste y delicada y allí se prendió y tejió en torno suyo un capullo de ternura.

Era ella quien acostaba y levantaba al niño; le

preparaba sus alimentos y le arreglaba su ropa. Enternecía verla acomodar la gaveta de Sergio: doblada con primor las camisas, los pañuelos, y entre cada pieza metía hebras de raíz de violeta para que oliesen bien.

Jamás se borró de la memoria de Sergio la sensación de bienestar y seguridad que lo invadía cuando al anochecer lo cogía mama Canducha entre sus brazos y lo llevaba a un rincón de la sala. Allí se sentaba en una poltrona, lo arrullaba y le narraba cuentos. Y los regazos de la anciana le parecían más mullidos, más tibios que los almohadones de su silla; tenían una suavidad animada y cariñosa de la que carecía el terciopelo de aquellos.

Gracia y Merceditas se sentaban a los pies de ella en los pequeños taburetes de asiento de cuero que les fabricara Miguel. Entonces les refería los cuentos de "El tonto y el vivo" de "La Cucarachita Mandinga" y "Las Aventuras de Tío Conejo" o bien los ponía a jugar la pisi pisi gaña y el pisote. Y cuando la cabeza de Sergio se abatía sobre su seno y la de las niñas sobre sus rodillas, entonaba canciones ingenuas al son de las cuales dormitaban los chiquillos:

> "¡Ay quién fuera perro negro
> negro como el zapoyol,
> pa meterme en tu cocina
> y robarte el nistayol! "

Les cantaba también villancicos:

30

> *"La Virgen lavaba,*
> *San José tendía,*
> *El niño lloraba,*
> *Joaquín lo mecía."*

Los niños tejían sueños que parecían estampas luminosas con estos versos, mientras dormitaban. Sergio veía a la Virgen con túnica celeste protegida por un delantal blanco, lavando en una quebrada. Se había puesto el sombrerón de paja con que Canducha se cubría la cabeza para ir a tender la ropa al potrero. San José le había dado su vara florecida para que se la tuviera mientras el santo colgaba las camisitas blancas. El Niño dormía en la cuna improvisada con una sábana suspendida a modo de amahaca en las ramas del aguacate, llegaba un perro negro, negro como el zapoyol y ladraba; el Niño despertaba asustado, pero como se veía entre los brazos de Canducha sonreía tranquilo.

> *¡Cómo me cautiva y conmueve*
> *esta escena con todos los detalles que*
> *la componen! El viejo afilador de faz*
> *triste y mentón anguloso, con su ropa*
> *usada y su largo delantal de cuero!*
>
> Walt Whitman
> *"Chismes emergidos de la rueda"*

Entre la ronda de afectos que velaban en torno de la silla de ruedas de Sergio, estaba el de Miguel, el viejo Miguel de apellido tan extraño que nunca lo pudieron pronunciar correctamente estos amigos suyos para quienes tan querido fuera.

Fue en una mañana de temporal, de esos temporales tan frecuentes en nuestro país a fines del mes de octubre, que Sergio conoció a Miguel. El niño miraba interesado una cuadrilla de hombres que trabajaba en el arreglo de la calle; le llamó la atención un hombre con la cabeza cubierta por un casco verde, desteñido y sucio. Dejaba caer el mazo con desgano y de rato en rato se detenía como si le faltaran las fuerzas.

El cuadro de estos hombres cubiertos de barro, empapados y vistos a través de la lluvia le entristeció.

Imaginó que el trabajador del casco estaba muy cansado. Si él, Sergio, se atreviese, los llamaría a todos y pediría a mama Canducha que les ofreciera una taza de café ... pero le diría al oído que al hombre del casco se lo sirviese en su jarrito de porcelana con un ángel pintado. Lo llamaba con el corazón: —Venga usted señor, venga acá. Yo sufro mucho al mirar sus zapatos enlodados y su camisa hecha una sopa.

El hombre del casco verde dejó su tarea. Miró arriba y abajo en la calle y al ver un niño en el corredor de una casa rodeada de jardín entró y se acercó lentamente. Bajo el casco había un rostro curtido, rodeado por una barba espesa y rubia entre la cual la vejez sembraba ya su plata; los ojos eran azules, desalentados y de mirada vaga.

El corredor estaba en alto rodeado de una baranda cubierta de enredaderas, y por esto no podía ver sino la cabeza del muchacho. Quitóse el casco con humildad y pidió con acento extranjero muy marcado, un vaso de agua.

Cuando Sergio lo vio acercarse se echó a temblar. ¿Acaso había oído la voz de su corazón? ¿Un vaso de agua? ¿Cómo decirle que no podía ir a traerlo? Fue esta una de las veces en su vida que sintió la necesidad de sus piernas, con ansiedad dolorosa.

Quedóse contemplando al extranjero en silencio, con los ojos muy abiertos. El hombre pensó que el chiquillo no le hacía caso, y se alejó.

Un rato después sus hermanitas lo encontraron sollozando. Acudieron la madre y mama Canducha. Costó mucho consolarlo y que dijese la causa de su llanto.

El hombre había vuelto a su trabajo. Candelaria fue en busca suya y le contó lo ocurrido. Lo hicieron entrar y sentarse al lado de Sergio. El hombre tuvo que convenir en tomar café caliente en el jarrito del niño. Al despedirse le acarició la cabeza y se quedó mirándolo con sus ojos tan tristes, tan bondadosos, tan lejanos. Sergio lo miró también. ¿Qué se dijeron con su silencio el desconocido y el niño? Por sus miradas, como por un puente maravilloso pasaron ambos, y después de abrazarse en el encuentro se metió cada uno hasta el corazón del otro.

Días después vino a traerle unos graciosos animalillos de madera, muy bien labrados. Nunca juguete   alguno le había dejado la alegría de aquéllos.

La cuadrilla se fue a trabajar a otra calle pero cada mañana, Miguel, el hombre del casco verde, venía a visitar a Sergio. Los domingos llegaba temprano y esto era una fiesta para los chiquillos. El desconocido se había granjeado el cariño de todos. Con cosas humildes se construyó en aquella casa un nido de afectos: labraba para los niños en pedacillos de madera recogidos en cualquier parte, juguetes artísticos e ingeniosos; podaba las plantas del jardín e hizo unos injertos en unos rosales, que traían intrigado a los muchachillos y a Candelaria. A ésta le llenó la cocina de comodidades, abriéndole alacenas y colgándole estantes por donde quiera lo cual traía encantada a la viejecita porque así tenía en dónde acomodar cuanta lata de conserva y cuanta botella se le ponía al frente.

Los niños se entregaron a él con la confianza con que se da la infancia a lo que es sencillo como ella.

Un día Miguel no llegó y transcurrió toda la semana sin dar señales de vida. La lavandera fue quien trajo noticias suyas el domingo, cuando llegó con la ropa:

—El machito que ella había visto en la casa en otras ocasiones, había sido llevado al Hospital ardiendo en calentura y malo del sentido.

Vivía en su mismo patio, y ella había recogido en su casa sus haberes: un violín entre su caja y

34

un hatillo de ropa. El pobre ni cama tenía, que dormía sobre unas tablas.

La pena de Sergio fue muy grande. Cinta se vio obligada a prometerle que lo dejaría ir a ver a Miguel el día de entrada en el Hospital San Juan de Dios..

Candelaria lo llevó. Gracia y Merceditas le enviaron golosinas, y Cinta una botella de vino.

Llegaron al Hospital. Aquel recinto de dolor fue una revelación para Sergio. Ansioso buscaba entre los rostros marchitos por la enfermedad, el de su amigo. Entraba y salía la gente, y de la boca de los enfermos visitados por el cariño, brotaba una sonrisa tibia que hacía pensar en esas columnitas de humo que salen de las chozas, señal de que en el pobre hogar hay fuego.

Miguel ocupaba una cama en el centro del salón. Cuando llegaron sus amigos, tenía la cara vuelta hacia la pared. Tal vez lo había hecho en un minuto de supremo desconsuelo, al ver pasar sobre él tantas miradas indiferentes que resbalaban sobre su corazón como gotas de agua sobre una superficie engrasada. De pronto sintió algo como un rayo de sol en su cuerpo y se volvió. Sus ojos se encontraron con las miradas de Sergio y Candelaria que se adelantaban cual mensajeros alados. Se abrazaron. Las lágrimas de Sergio mojaron la barba del viejo. Miguel se puso a contemplarlo. Cinta le había puesto su traje negro con cuello blanco, y bajo el sombrero de fieltro asomaba su rostro pálido, enmarcado entre la espesa melena de su cabello lacio. Los ojos de los enfermos, seguían con interés los movimientos de aquella figura infantil, bella y triste, hundida entre los almohadones de una silla de ruedas, y con las piernas cubiertas por una valiosa piel de alpaca.

Por la ventana abierta entraba el sol. Había en los jardines árboles de dama florecidos, y el aire llegaba hasta ellos embalsamado con el perfume delicado de esta flor. Las campanas de La Merced repicaban alegres y cuando su algarabía mística cesaba se oía el canto de los pájaros entre los árboles del Asilo Chapuí. Después de la llegada de sus amigos, Miguel comenzó a sentir todo esto. Antes el pobre viejo no había notado ni el sol, ni el perfume de las flores, ni la música de las campanas y de los pájaros. Comió sonriendo las golosinas de las niñas y bebió un trago a la salud de Cinta. Les enseñó un barquito que para Sergio labraba en un pedazo de madera. Rieron y conversaron. Los otros enfermos se sorprendieron al ver tan alegre el macho que hasta ese día permaneciera silencioso. Prometió ponerse bueno pronto, y terminar el barco que Sergio no cesaba de admirar; cuando saliera del Hospital se lo llevaría y lo pondría a navegar en la pila del jardín. Sonó la campana de salida. Fue preciso partir. En los ojos de Miguel temblaba una lágrima y en su boca una sonrisa cuando vio a Candelaria alejarse empujando la silla, cuyas ruedas producían un sonido que lo conmovía profundamente. De la puerta la anciana y el niño le dijeron adiós con la mano.

Sergio convenció a Cinta de que debían traerse a Miguel a vivir con ellos. Cómo iba a ser posible que su amigo siguiera en aquel cuartucho húmedo en donde unas tablas puestas en el suelo le servían de cama?

Y a todo esto, ¿qué diría Juan Pablo? Pues Gracia lo convencería. Entonces entre las niñas y Candelaria arreglaron una habitación de madera construida en el jardín, para tiempo de temblores. Las personas mayores de la casa llamaban a esta habitación "el rancho" y los chiquillos, "el cuartito de las golondrinas" por estar tapizado con un papel claro sobre el cual volaban bandadas de golondrinas azules. Era una pieza alegre y limpia. Tenía una ventana encortinada con una planta de *bellísima* que metía la alegría de sus ramilletes rosados hasta el lecho, arreglado por la anciana con ropas limpias y olorosas a cedro. De un clavo colgaron los haberes de Miguel: el violín y el hatillo de ropa.

La cabeza infantil de Cinta había gozado preparando la escena de ofrecerle el cuarto a Miguel. Los niños reían y palmoteaban al imaginar lo que haría cuando se encontrase allí con su ropa y su violín.

Por fin una mañana lo vieron entrar lentamente, apoyado en un bordón. La barba le había crecido y parecía más canosa. Los niños estaban en el jardín y fueron a su encuentro jubilosos. Sergio acudió también empujado por las manos de Merceditas.

Mientras descansó y se reconfortó, los chiquillos cambiaban miradas maliciosas, y de pronto estallaban en carcajadas que desconcertaban a Miguel. En vano Candelaria los amenazaba con los ojos. Cuando habló de retirarse, nadie trató de detenerlo y él sintió que más bien parecían desear su partida. Pero qué significaba la procesión alborozada que salió tras él, y lo siguió por el jardín? Mama Canducha iba a la retaguardia rodando la silla de Sergio y Gracia corría adelante echando al aire sus risas alegres.

Sergio dijo: —Venga Miguel vamos al cuarto de las golondrinas.

Cuando entraron, se quedó intrigado al ver la caja de su violín colgada de la pared al lado de su hatillo.

Sergio le tomó una mano y con voz temblorosa le dijo: —Este es su cuarto, Miguel. Nosotros se lo arreglamos. Mamá hizo traer su violín y su ropa.

Miguel se sentó y todos vieron cómo le temblaban las manos apoyadas en el bordón.

Sergio continuó: —¿Se queda, Miguel? Todos queremos que viva aquí con nosotros. ¿Verdad, mamá?

Y Canducha dijo: —Es triste, don Miguel, vivir así, como un grano de maíz perdido o como los zopilotes que pasan la noche en el primer palo que encuentran. Ya ve, yo era así como usté, un ser solo, pero un día entré en esta casa y si ahora me sacaran me matarían, porque aquí sembré el corazón que ha echado raíces hasta entre la tinaja de la cocina. Vea, don Miguel, yo me imagino que el alma tiene   como el cuerpo su sangre, que es el modo de sentir. Y pa que lo sepa, uno tiene su familia no en los que cargan entre su cuerpo la misma sangre, sino en los que cargan entre el alma los mismo sentimientos.

Miguel contestó sencillamente con voz emociones: —Bueno, me quedo. Y que Dios os lo pague.

La llegada de Miguel señaló una nueva era en aquella casa. Flotó en su interior desde entonces un bienestar más pronunciado. Sus moradores sentían como si se movieran en un ambiente más cómodo. Entre las manos de Miguel y las de Candelaria, todo prosperaba y relumbraba de limpio. El jardín no volvió a tener malas hierbas y los árboles frutales y las plantas de adorno producían maravillosamente desde que Miguel pusiera en ellos sus dedos sabios. Los conejos y las palomas tuvieron casa más cómodas e higiénicas. Durante la estación de las lluvias Canducha no tuvo la mortificación de ver caer una gotera. En fin, Miguel ayudaba a todos, les prestaba mil pequeños servicios, insignificantes y humildes cuyo efecto en los corazones que lo rodeaban era el mismo que producen esas pequeñas gotas cuya caída constante en un lugar acaba por abrir un hueco, aún cuando ese lugar sea una piedra. Candelaria decía que era su mano derecha.

Para Sergio, Miguel era algo admirable: Todo lo sabía el viejo y para todo encontraba un camino. Su boca era un tesoro de canciones y de cuentos. ¡Cuánto soñaba el niño escuchando a

Miguel cantar en su lengua extranjera! ¡Cuán misterioso y admirable era Miguel ensartando aquellas palabras que sonaban tan extrañas, en hilos de música de ritmo melancólico. Sus bolsillos eran arsenales de cosas que los demás despreciaban y tiraban por inútiles y que Miguel recogía: pedazos de madera, de hierro, de alambre, retazos de cáñamo, cajas de fósforos, vacías. Todo esto era transformado por sus manos, en cestitas, en carritos, en maromeros y en otros juguetes que él salía a vender, colocados en una vara. Los más bonitos eran para los niños de la casa. Logró ahorrar algún dinerillo con el cual pudo construirse una máquina de afilar planeada por él mismo: la pintó de colores alegres, con unos letreros en negro que decían, "se afilan tijeras, cuchillos y serruchos". Las ruedas eran unas lindas ruedas de madera labradas artísticamente, en cuyos aros había un perro que corría tras unos conejillos. Los cacharritos para el agua y otros menesteres estaban bien bruñidos y relucían de limpios. Con ella se iba muchos días desde buena mañana, acompañado por Tiliche, el perrito de la casa que se había convertido en su amigo inseparable. Ya en la puerta sacaba de su silbato aquella escala de sonidos que subía y bajaba y que despertaba a Sergio. Miguel sabía que al niño le gustaba mucho oírla. A menudo Sergio le pedía prestado el instrumento y se extasiaba largos ratos pasando por sus labios la boca de los tubos para que brotaran esas escalas que en la imaginación del niño eran chispitas que subían y bajaban como si corrieran persiguiendo algo misterioso e inefable.

Generalmente en las noches, sobre todo en las noches de lluvia, mientras Cinta se entretenía acicalándose ante el espejo o leyendo sus novelas, se reunían todos los demás en la gran cocina. Mamá Canducha amasaba o enrollaba cigarrillos o bien confeccionaba para los chiquillos alguna golosina como maíz reventado en miel. Los granos se esponjaban en el comal y al esponjarse parecían azahares abiertos. Miguel les narraba cuentos o aventuras de su vida mientras labraba algún juguete. Las llamas crepitaban en el hogar y fuera la lluvia y el viento dejaban caer su inclemencia. Miguel les contaba, por ejemplo, que había nacido en una tierra muy lejana, muy lejana, llamada El Tirol, al otro lado del mar. Su pueblo estaba a orillas de un río inmenso por donde se deslizaba gran número de barcas. Las casas tenían muchas ventanas y como estaban pintadas de verde, amarillo y azul, parecían muy alegres. Y las gentes del pueblo no se vestían como los campesinos de Costa Rica, pues allá usaban unos vestidos pintorescos y alegres como las casas. En su pueblo los trajes de los hombres llevaban adornos verdes, y en el sombrero una pluma de águila. El en su juventud fue muy alegre; la gente de su tierra era bulliciosa y alegre. Le había gustado que los niños presenciaran las danzas de su país. A veces se quedaba suspenso, silencioso y con los ojos puestos en los leños que ardían. Cuando volvía de su ensimismamiento les decía que entre las llamas había vuelto a ver escenas muy lejanas: él era un niño y en torno de la gran chimenea de la cocina, allá en su casa paterna, estaban reunidas muchas gentes; su madre y sus hermanas mayores, bordaban; él y su hermanita a la que llamaban Sava, estaban sentados cerca de un pastor de su padre, un muchacho hermoso y robusto que cantaba aires del Tirol, acompañándose con la cítara. Sus hermanos labraban en madera de pino los célebres juguetes de su país. ¿Qué habría sido de su hermanita Sava tan linda y tan alegre? Tenía una cara fresca y la risa estaba siempre picoteando en su boca como un pajarillo en una cereza madura. Por eso él gustaba oír reír a Gracia. Guardaba en su pensamiento la memoria de Sava tal cual la viera la última vez, con su delantalito blanco y su sombrero oscuro diciéndole adiós con su pañuelo. Le parecía oír su voz temblorosa gritarle desde una colina: "¡Que Dios te guíe, hermano!". Después fue estudiante, un mal estudiante, porque casi todo su tiempo lo dedicaba al violín. Un maestro célebre de su país le dio lecciones. Más adelante había una época de su vida que se perdía en algo oscuro y confuso como una noche de muy larga duración. Peregrinó mucho. Un día se encontró en Costa Rica y allí estaba todavía. ¿Qué habría sido de los suyos? Si su hermana Sava no había muerto tenía que ser ya una anciana como él. ¿Qué habría sido de la risa que anidaba en su boca? Seguramente que había volado huyendo del frío de la vejez.

Sucedió que Miguel, en los primeros meses, estaba días sin llegar a la casa. Cinta y Canducha averiguaron que se embriagaba. Como Cinta se mostrara recelosa y hablara de despedirlo, la anciana le dijo: —Espere, hija, que todavía no tenemos queja de su conducta en casa. Y mire, pueda ser que en Miguel lo que haya, sea deseo de emborrachar esa cabanga que a veces se le monta sobre el corazón. Además, no creo que venga nunca a faltarnos pues quiere mucho a Sergio y sabe que le daría un gran dolor si se dejara ver en ese estado.

En estas ausencias de Miguel, el niño se ponía triste. Le inquietaba la idea de que a su amigo le pudiera ocurrir alguna desgracia. En una ocasión en que Miguel estuvo una semana sin dejarse ver, Sergio se acongojó mucho y Candelaria, para tranquilizarlo, cogió su rebozo y se fue a buscarlo por las pulperías. Por fin lo encontró por el Mercado y cuando al viejo le pasó la borrachera ella lo sermoneó, le hizo reflexiones sobre la salud del niño que podía enfermar del sufrimiento. Hace varias noches —le dijo— que casi no duerme, pues lo atormenta la idea de que tal vez usted esté enfermo en alguna parte.

Desde entonces Miguel no volvió a ausentarse.

Para el 7 de diciembre, Miguel se ganaba sus reales en la elaboración de juegos pirotécnicos, en lo cual era muy hábil. Los niños salían gananciosos de aquella actividad porque los mejores soles, volcanes, cohetes y cachiflines eran para ellos.

Desde semanas antes de esta fiesta tradicional dedicada a la Purísima Concepción, comenzaba

Miguel a llevar a la casa haces de caña brava y a disponer sobre su gran mesa de trabajo rollos de mecate de cabuya, paquetes y potes llenos de sustancias de nombres que sonaban extraños a los oídos de los niños. Mientras Miguel manipulaba en todas aquellas cosas, Sergio y sus hermanitas no se separaban de la mesa ni quitaban los ojos de los movimientos del viejo; todo lo preguntaban y en todo metían la nariz. Mama Canducha se asomaba a cada rato porque consideraba peligroso que estuvieran cerca de la pólvora. Miguel la tranquilizaba asegurándole que allí no había nada peligroso.

—A la mano de Dios —decía ella alejándose sin atreverse a insistir al ver a Sergio muy entretenido.

Miguel les explicaba con infinita paciencia que la mezcla de clorato de bario y de la goma laca al encenderse daría una luz verde y plata y que otras mezclas darían el color rojo o el azul o el violeta y el blanco; que el secreto para que los soles giraran con soltura era tal y tal. "Mirad, voy a hacer unos cachiflines más traviesos que Gracia y veréis, niños, cómo salen huyendo Canducha y doña Jacinta". Sus manos hábiles, que todo lo sabían hacer, cogían un carrizo de caña hueca, le arrollaban mecate de cabuya, llenaban el agujero con una mezcla de tierra, salitre, flor de azufre y carbón de cedro y con gran cuidado colocaban la aguja con su redondelito de cuero que era el alma del artefacto.

—¿Cuántos días faltan para el 7 de diciembre? —preguntaban impacientes los niños.

Por fin llegaba el 7 de diciembre y ese día los chiquillos no se separaban de las armazones de caña brava en espera de la puesta del sol. Sergio sabía cuáles de estos guardaban el polvo negro que estallaría en las maravillosas cabelleras de oro que correrían desatadas a través de la oscuridad y cuáles las que contenían la limadura que estallaría en lluvia de estrellitas locas. Con ojos inquietos seguían la marcha del sol. ¡Qué sol más perezoso y cuán lento caminaba!

Apenas el sol se ocultaba, se iban al jardín con otros niños de la vecindad. Comenzaban por los triquitraques cuyo estallido esperaban con la respiración en suspenso; seguían los cachiflines que, en efecto, hacían huir a mama Canducha y saltar aquellos piesecillos. Y cuando la oscuridad envolvía el jardín, encendían los soles que giraban vertiginosos en un poste y en cuyo fuego los niños metían la mano sin quemarse. Sergio era el encargado de encender las candelitas que daban la luz roja o verde o violeta o azul que transformaba el jardín en un sitio de encantamiento. Miguel daba fuego a los cohetes que subían hacia las estrellas y que estallaban cuando parecía que chocaban contra la bóveda negra del cielo formando unos ramilletes de flores brillantes que se marchitaban en la altura. El ambiente estaba lleno de estallidos de pólvora, de chispas, de gritos de gozo, de risas de niños.

En las tardes de verano, Miguel llevaba a Sergio a pasear por los alrededores de la ciudad.

Gustaba el viejo de buscar los sitios solitarios. Sentábanse a la vera de los caminos y Miguel decía: —"Mira el camino, Sergio, pero míralo bien". Después cruzaba los manos sobre las rodillas y se quedaba ensimismado, con los ojos puestos en la faja polvorienta que iba a perderse en lo desconocido envuelta en la melancolía del crepúsculo. Solían descansar en una eminencia, a ver irse la tarde. Hasta ellos llegaba el rumor de la ciudad y el ruido cansado de las carretas que volvían del trabajo. Los árboles ponían la fantasía de su follaje, sobre el fondo luminoso del poniente y por el Este comenzaba a caer sobre el cielo el rocío de las estrellas. De rato en rato el viejo suspiraba.

Otras veces se iban a la orilla de un antiguo estanque, un gran depósito de agua que servía en los veranos para mover las máquinas del beneficio de café, la Norte de la ciudad. Estaba rodeado de jaúles, cipreses y sauces. Era un sitio poco frecuentado. Miguel envolvía a Sergio en sus pieles y los acomodaba sobre el zacate; luego se tumbaba a su lado.

Las golondrinas atravesaban el encanto de la tarde y volaban sobre el agua dormida. Cuando el crepúsculo era dorado, se ponía el agua de color de miel, las golondrinas mojaban la punta de sus alas y al remontarse dejaban caer gotas que parecían abejas de oro. Las ramas de los sauces cosquilleaban el que se estremecía. Los cipreses altos, oscuros y terminados en punta parecían husos de donde salían los hilos que tejía el silencio maravilloso que

envolvía este lugar. Entre la hierba habían gusa-
nillos de luz. Al cabo de un rato, comenzaban los
oídos a percibir la vocecita de un hilo de agua que
se deslizaba por aquella quietud como por sobre un
lecho de terciopelo; los grillos abrían en la tranquilidad agujeros diminutos con su estridular dulce y
palpitante. Sergio pensaba al escucharlos y al mirar
cintilar las   estrellas por los vanos abiertos entre
el ramaje de unos árboles que era como si las estrellas lejanas, al moverse, produjeran esta música. Se
adormecía y las estrellas inquietas y la vibración de
los grillos se confundían en su imaginación. Luego,
al avanzar las sombras, los sapos principiaban su
serenata; el niño pensaba que el estanque era un
tambor sobre el cual los sapos redoblaban.

En una ocasión, al regresar de su paseo, el
anciano tomó su violín. Oye Sergio, mi violín va a
contarte lo que sentía en el estanque, cuando las
golondrinas pasaban sobre el agua y el canto de los
grillos, de los sapos y de la acequia ponían un ligero
temblor en el silencio que nos envolvía. Luego te
contaré del camino perfumado por esa flor que
llamáis tuete, por donde iba solamente el ruido de
una carreta y sobre el que brillaban las estrellas.

Esto se lo dijo en el "cuarto de las golondrinas", en donde no había más luz que de la luna
que se filtraba por la ventana abierta encortinada
de verde y rosa por los ramos de la *bellísima*. El
niño cerró los ojos y tuvo la ilusión de que la claridad plateada del jardín salía de una fuentecilla que
brotaba del violín de su amigo. Al terminar, calla-

ron, pero al dirigirse a la casa, el chiquillo habló con voz emocionada:

—Miguel, ¿por qué no me enseña usted a tocar violín?

La silla se detuvo y con el corazón lleno de dulce contento hicieron los planes de cómo y cuándo comenzarían las lecciones.

Una mañana Sergio vio entrar a su amigo con un rollo de papel. Se encerró en su cuarto y hasta muy tarde de la noche lo oyeron tocar violín. Al día siguiente llevó al niño unas páginas de música. El título decía: "La Silla de Ruedas de Mi Amigo", un paciente y delicado trabajo hecho con tintas de colores. Miguel le dijo: —Aquí cuento lo que mi corazón sintió allá en el Hospital cuando oí acercarse tu silla. Desde entonces sus ruedas, al rodar, no producen en mi oído un ruido sino una música de tristeza, de alegría . . . en ella estás tú, Sergio; en ella está Canducha con su corazón de oro; en ella está Merceditas con su ternura dulce; en ella está Gracia, con sus alegres risas; allí está tu madre, tan linda y graciosa. ¿Comprendes, Sergio? Tal vez no comprendas . . . No importa, más tarde comprenderás lo que todos vosotros habéis sido para mí.

Las clases comenzaron. Miguel dio al niño su violín, un antiguo violín hecho con maderas cortadas en los Alpes de su país. Entonces Sergio tenía siete años. Al poco tiempo Miguel estaba orgulloso y admirado de su discípulo. Por sobre la música el corazón de Sergio podía corretear con la alegría de un niño sano sobre un campo en primavera. Y no solamente corretear, sino volar. Dentro de su cuerpo, condenado al recogimiento, su corazón estuvo encerrado como entre un capullo, hasta el día en que la armonía de los sonidos vino a ponerle alas. Las notas negras sembradas en los pentagramas, fueron para su espíritu como unos guijarros que indicaban la senda que conducía hacia un palacio encantado.

Si la silla de Sergio hubiese seguido por la vida empujada dulcemente por estos cariños, su existencia habría sido una tristeza tranquila y su historia habría terminado aquí. Pero las fuerzas que mueven a los hombres, pareciera que no saben distinguir entre unas piernas y unas ruedas y trataron a Sergio con mucha crueldad como si hubiese sido un ser fuerte. Y fueron sucesos adversos a su tranquilidad, los que tiraron de su silla de ruedas y la llevaron por esos mundos de Dios.

La familia y las amistades de Cinta, se mostraron muy contentas cuando Juan Pablo Esquivel pidió su mano, porque pensaban y decían que había hecho un buen matrimonio. Sus amigas sentían, al considerar su suerte, un sí es no es de envidia. El era un comerciante acomodado. Probablemente ella se casó sin amarlo, por tratarse de un magnífico partido. La figura de Juan Pablo Esquivel era vulgarota y poco agradable, pero iba bien vestido y esto y las comodidades que él le ofrecía fueron suficientes para aquel cerebro de pajarillo que jamás se detenía durante dos segundos en el mismo asunto.

El pensamiento de este hombre siempre engolfado en números no se preocupaba por la vida de los sentimientos de su mujer. Así pues, no era afectuoso y su amor a los suyos se manifestaba rodeándolos de comodidades materiales. Era de los hombres convencidos de que a una mujer le basta para ser dichosa, con tener su despensa bien surtida y sus armarios repletos de ropa.

Después que nació Merceditas, Juan Pablo compró una hacienda de bananos en la Línea a donde no quiso llevarse a su familia pretextando la insalubridad del clima. Venía de tarde en tarde a su hogar y cada semana escribía a Cinta una tarjeta con frases de molde, sin una inflexión de ternura. Un día ella supo que su marido vivía en la finca con una mujer con quien también tenía hijos. Al principio la noticia la apenó. Después su juventud y su ligereza arrancaron sin trabajo de su corazón esta espina. Cinta se dedicó a sus chiquillos, sobre todo a Sergio. Hacían una vida tranquila, en una casita rodeada de jardín y árboles en las afueras de la ciudad.

Los niños y Cinta acabaron por acostumbrarse a la indiferencia de Juan Pablo. Gracia era la única que se le acercaba cuando venía. Las caricias que hacía a sus hijos, no tenían nada de ternura; eran secas y no les pasaban de la piel.

En su presencia, el ánimo de Sergio se encogía como las hojas de la adormidera al sentirse rozadas por algún objeto extraño. Siempre hablaba al chiquillo con una protección llena de lástima maltratadora... Algo así como esa sonrisa de condescendencia en los labios de un poderoso cuando mete la mano en su bolsillo en busca de la moneda para un mendigo. Tenía un modo de darle golpecitos en la cabeza acompañados de un " ¡pobre hijo mío! " Y estas palabras caían en el corazón del niño cual si fueran una limosna no implorada.

Sergio dijo un día a Candelaria, al ver a su padre salir de la casa de regreso a la finca:

— ¡Qué dicha! ¡Ya se va, yo no lo quiero!

La anciana le respondió cariñosa:

—Procure no sentir así, mi hijito, acuérdese que es su padre.

¿No habéis pensado alguna vez, si en ese mismo instante, de algún punto de la tierra otro ser humano, desconocido, sale con rumbo hacia vosotros para traeros felicidad o dolor?

Un día... en el mismo momento en que el niño rodeaba con sus brazos el cuello de su madre, de un puerto de Chile zarpaba un vapor que venía para Costa Rica. En él venía un ingeniero, llamado Rafael Valencia, simpático y joven. Algún tiempo después de esfar en el país, se fue a trabajar a la Línea del Atlántico, en la construcción de unos puentes. Allí conoció a Juan Pablo Esquivel y se hizo muy amigo suyo. El fue el padrino de Merceditas. Más tarde se estableció en la capital y frecuentó la casa.

Rafael Valencia se enamoró de Cinta y la pobre mujer, joven y abandonada de su marido, no tuvo un corazón fuerte para resistir la tentación. Su pensamiento ligero como una pluma, no podía bajar al fondo de su conciencia a medir las consecuencias de su acto. Se dio entera al sentimiento nuevo que la embriagaba y la colmaba de dicha. Y las manecitas de sus hijos no la defendieron. Pero todo cuanto se diga en torno de este hecho, no pasa de ser mera suposición; lo cierto es que así ocurrió, sea por una causa o por otra.

Una noche se hallaba Sergio con Miguel en "el cuarto de las golondrinas". La habitación estaba a oscuras. El viejo cansado de narrarle cuentos se había dormido. El niño sentado cerca de la ventana se entretenía con el rumor de la acequia que atravesaba el jardín: él imaginaba que la voz del agua iba murmurando: "Adiós Sergio, Gracia y Merceditas . . ." Oyó pasos cerca y la voz de su madre y la de un hombre. Ah, era la voz del padrino.

Gracia y él llamaban a Rafael Valencia "padrino" por imitar a Merceditas. Tuvo intenciones de gritar: —Mamá, ajá, tanto que se ha estado en su paseo . . . Venga lléveme . . .

Pero luego pensó que se iba a quedar haciéndose el zorrito, para que ella lo buscara. Si lo llamaba, no le contestaría . . . El niño sonreía pensando en la broma que iba a dar a su madre.

Los vio pasar. El padrino la llevaba abrazada. Se detuvieron y la besó. Ella dijo: —No, no, déjame, que viene Canducha ...

En efecto, la anciana descendía las gradas del corredor. Venía en busca de Sergio.

El niño vio a su madre y al padrino esconderse entre la glorieta de flor de verano. Algo como una pena le apretó la garganta. Su pequeño corazón tuvo un deslumbramiento doloroso.

¿Qué pasó entre esta cabeza? ¿Comprendió? El caso es que cuando su silla empujada por Canducha pasó frente a la glorieta, no dijo nada ni después habló a nadie de "aquéllo".

También desde esa noche se mostró esquivo con Rafael Valencia, no volvió a llamarlo "padrino" y este nombre no fue sustituido por otro. En una ocasión en que Rafael quiso acariciarlo, le dijo irritado: —No me gusta que usted me toque.

Cinta lo sorprendió muchas veces mirándola de un modo extraño ... No podía precisar si era de dolor o de reproche.

Un día Cinta comprendió que iba a ser madre de un hijo de Rafael Valencia. Sabía que no podía engañar a su marido. Pensó irse al campo a un lugar retirado. Allí nacería la criatura, la confiaría a una campesina amiga suya después de un tiempo, ya en la ciudad, haría entrar a su hijo en casa como un recogido.

Escribió a su marido diciéndole que estaba enferma y que se iba al campo con los niños. Desgraciadamente para éstos, a Juan Pablo se presentó en esos días un comprador de su finca: La venta significaba un negocio espléndido. Así pues, contestó a Cinta que dejara su viaje para más adelante porque pensaba regresar a la capital en donde se establecería con un negocio.

Al mismo tiempo Rafael Valencia era llamado del Perú a trabajar en la dirección de unas minas. Propuso a Cinta que se fuese con él y Cinta, encontrándose en un callejón sin salida, saltó sobre el tierno vallado que en torno a su corazón formaban Gracia, Sergio y Merceditas.

De muy lejos, de un punto hacia el meridión de la América del Sur salió un día y en el mismo instante en que Sergio rodeaba con sus brazos, riente y cariñoso, el cuello de su madre, la persona que impulsaría su silla de ruedas por otra senda que no se parecía a aquélla por la cual hasta entonces lo habían llevado las manos amorosas de Canducha, de Cinta, de sus hermanitas y de Miguel.

Ha pasado en tiempo . . .

¡Cuántos años han transcurrido desde aquellos días! —Se dice Sergio a sí mismo— abriendo su memoria frente a una ventana llena de luz o en la oscuridad de la noche cuando está solo y todos duermen:

Nada de lo pasado se ha perdido. Recorro estos recuerdos, como si recorriera una galería de cuadros pintados por sí mismo. Nada se ha borrado. Aquí están las figuras moviéndose entre los claro-oscuro, las luces y las sombras que dejara en

54

el lienzo el pincel del pintor; detalles que pasaran desapercibidos para la suspicacia infantil, resaltan ahora llenos de vigor. El tiempo al correr los ha tocado con su pátina de melancolía y resignación.

Me detengo como si yo no fuera Sergio, ante cada uno de los Sergios sentados en su silla de ruedas. Es una larga fila, comienza una mañana en que el techo que cubría mi vida se derrumbó, y la fila se pierde en lo desconocido. Cada uno de estos Sergios me parece una de las cuentecillas de vidrio de un collar, engarzadas en un hilo de tristeza. A veces sobre alguna de ellas la luz de una ilusión se quiebra y enciende sonrisas irisadas. ¿Cómo serán las que faltan por ensartar?

Sergio sigue recordando y meditando:

Es en la sala de mi casa, en el rincón favorito. Mamá cose a la luz de la lámpara. Sobre la mesa hay un florero semejante a un tallo fino de cristal, en él hay una rosa encarnada que corté en la mañana para mamá. He apoyado mi frente en su hombro; a mis pies, Merceditas se entretiene en recortar los grabados de un figurín. Mis manos acarician su cabecita. Gracia estudia su lección de piano. En el gran espejo del fondo, se repite la escena. La luz se irisa en los biseles y la rodea de un encanto inefable: Allí estoy yo sentado en mi silla: me sonrío a mí mismo... Siento simpatía y compasión por este muchacho pálido que no puede caminar. Le hago una seña amistosa con la mano y él me contesta con otra. Me parece que dentro del espejo hay otro mundo, en donde el ambiente es más luminoso. Aquélla es mamá. Con el pensamiento repito esta palabra: —"mamá" y tengo la revelación de todo cuanto ella significa en mi vida. Mi frente está apoyada en su hombro y su respiración me mece . . . Sigo repitiendo dentro de mí, "Mamá, mamá" . . ."

¿Y Merceditas? Veo su perfil gracioso, inclinado, atentos los ojos a un papel que sus manos recortan con las tijeronas de mamá Canducha. El esfuerzo la ha hecho sacar la puntita de su lengua. Sobre la espalda caen sus dos trenzas que dan a su figura ese aire que mi hermanita tiene, lleno de sencillez y tranquilidad. Por la mano que tengo apoyada en su cabeza sube una dulzura tibia que me calienta como un rayo de sol. Merceditas siempre está a mi lado: calladita y servicial, atenta a mis palabras y a mis miradas, poniendo cerca de mis piernas el calor de su cuerpo.

Quiero agacharme para besarla, pero me deja inmóvil el temor de que el encanto que me invade mientras miro la escena en el espejo, se rompa.

Allí está también mi hermanita "Tintín" estudiando su lección de piano. Sólo miro su espalda cubierta con el hermoso manto de sus rizos oscuros. Qué alegre es mi hermanita Gracia y qué bien el apodo que le hemos puesto: "Tintín, Tintín". Mama Canducha dijo un día que Tatica Dios había sembrado en su corazón una mata de alegría que echaba ramos de carcajadas por su boca. Cuánto la quiero. Si mis piernas sirvieran me acercaría en puntillas y le metería una pajita dentro de una oreja para oírla gritar y reírse. Creo ver el estremecimiento de sus colochos e irrumpo en una carcajada. El encanto se ha roto, Merceditas levanta sus ojos y me mira interrogadora. Al verme reír, ríe también. Mamá dice: —¿Estás loco Sergio?

El reloj de bronce de la consola da las ocho. Muchas veces en mi vida he soñado que lo oigo dar las horas con su voz musical. Sobre él había un peregrino de barba dorada, con su morral a la espalda y apoyado en un bordón.

Mamá se pone inquieta. A cada rato deja la costura y suspira. Mi cabeza ha vuelto a descansar en su hombro y se resiente de esta inquietud. Oímos pasos en el jardín y ella abandona bruscamente el asiento, sin cuidarse de mi frente que se golpea en la madera del respaldo. Me quejo, pero ni el ruido seco del golpe, ni mi lamento, la hacen detenerse. Yo comprendo, es que "aquel hombre", viene. Merceditas deja su pasatiempo, se acerca y acaricia con su mano mi frente dolorida.

Mamá entra con "aquel hombre", llama a Candelaria para que me lleve y manda a las niñas a acostarse. Mama Canducha me lleva en sus brazos aun cuando ya soy muy grande, ¡Qué bienestar he hallado entre ellos! : Como me siente temblar de frío ha ido a calentar mi camisa de dormir. Al ponérmela me llega el perfume de la chirraca. Es que las manos de mi viejita echaron entre las brasas que calentaron mi ropa, astillitas de chirraca para que oliera bien. Me quedo contemplándola, vuelve el encanto que me invadió ante el espejo. Mama Canducha está sentada al borde de mi cama y me pone a rezar "El Bendito". Yo repito maquinalmente la oración, y la miro: su rostro moreno surcado de arrugas y rodeado por el pañuelo de colores que le pasa por la nuca debajo de las trenzas y se anuda sobre la frente, el cabello negro y lustroso, ¡es tan... querido para mí...! No me puedo contener, la abrazo y le doy muchos besos. Ella complacida me dice: —Tenga fundamento mi muchachito. Me arropa bien y hace la señal de la cruz sobre mi cabeza.

No puedo dormir. El viento del verano ha vuelto; pasa y agita con fuerza los árboles del jardín y hace temblar las puertas y las ventanas. Mama Canducha había dicho en la mañana al oír el viento: "Ya rompieron los Nortes". Los Nortes son los vientos que comienzan a soplar con fuerza en noviembre. Me duele el golpe que me di en la frente y pienso que mamá no me quiere. Ni siquiera me volvió a ver cuando me golpeé... Un nudo me aprieta la garganta. Por la puerta abierta entra a hacerme compañía el murmullo de la respiración de mis hermanitas que duermen en la pieza contigua.

Muy tarde de la noche entra mamá. Se acerca en puntillas, y creyéndome dormido se inclina sobre mí y me besa. La oigo sollozar. Una lágrima me cae en la frente. Rodeo su cabeza con mis brazos y la atraigo hacia mí... Todo el resentimiento se ha desvanecido. Le pregunto ansioso:

"¿Por qué llora mi mamita? ¿Es que aquel hombre le hizo algo?" Ante esta idea me invade una inmensa rabia. Ella niega con la cabeza. Sigue sollozando y sus rizos negros tiemblan sobre mi cara. Me pregunta al oído: "¿verdad Sergio que nunca me olvidarás?" Se arrodilla a mi lado y apoya en la almohada su cabeza, junto a mi mejilla. Lleno de confianza, sintiendo que mamá me quiere, me quedo dormido.

El ruido de la verja del jardín al abrirse y cerrarse me despierta. La luz del día entra por la ventana y recuerdo que en ese momento pasó volando una bandada de pericos que llenaba la mañana con sus gritos ásperos que siempre le han sabido a mi oído como le saben los güísaros a mi paladar. Pasaron danzando en el aire luminoso como un remolino de hojas verdes que el viento hubiera arrancado de las montañas frescas. Mama Canducha nos había dicho que cuando comienzan a pasar los pericos es que ha llegado el verano. Vienen de la costa —dice ella— en busca de frutitas para su alimentación. Cada vez que oigo pasar bandadas de pericos, se me viene a la memoria aquella mañana triste.

Busco a mamá junto a mí ... ¡Vaya! Qué tonto soy, si ya es de día y fue anoche que mamá vino a hacerme cariño. En eso oigo partir un coche.

Gracia y Merceditas se levantan y preguntan por mamá. Pasa mucho rato y no oigo la voz ni el andar menudo de mi mamita. ¿Adónde habrá ido tan temprano? Mama Canducha entra a vestirme.

Le pregunto por mamá y me responde que ha salido, tal vez ella misma no sabe con seguridad. Noto una inquietud en el semblante de mi viejita. La mañana es muy fría y ella me deja en el corredor inundado de sol. Mi gatita Pascuala viene a jugar conmigo pero yo no tengo ganas de jugar. ¿Adónde habrá ido mamá? Ella nunca sale tan temprano. Miguel se queda en la casa. ¿Por qué no sale con su máquina de afilar, como siempre? Toda la mañana la pasa en conferencias en la cocina con Mama Canducha. En los dos viejos hay un no sé qué de extraño, inquietante.

Muy lejos, en un cuartel, los clarines tocan las doce. El sonido de la sirena de un taller hiende la deslumbrante claridad del medio día. ¿Por qué estos sonidos que he oído indiferente tantas veces, me producen hoy congoja o tienen para mí un sabor de helada zozobra? El día avanza y mamá no vuelve. A cada rato interrogamos: "¿Adónde ha ido mamá? ¿Por qué no vuelve? ¿Le habrá pasado algo?". En vano Miguel y Candelaria tratan de calmarnos. Hay en su voz cierto dejo que me hace mirarlos receloso. Los tres chiquillos no abandonarnos la cocina y acechamos las caras de Miguel y de Canducha. Sorprendo a la viejecita enjugándose los ojos a la descuidada. "¿Por qué llora mama Canducha?" Contesta: "Adió, si es el humo . . ." Pero ella está lejos de la estufa y en la pieza no se ve la menor nubecilla de humo.

Llega la noche y nos vamos a la sala. El sillón de mamá está vacío y sobre la mesa veo abierta su cestita de labor. Dentro de ella quedó su pañuelo que tomo a las escondidas, y lo beso. Siento el perfume de clavel que siempre hay en su ropa. La rosa encarnada de su florero está marchita y su corola pende sin vida. Algunos de sus pétalos han caído al pie del vaso. La luz de la lámpara parece más oscura . . . Es para mí como si algo bullicioso hubiera enmudecido de pronto. En el espejo se refleja una escena triste: Gracia y Merceditas están a mi lado. Tienen la cabeza inclinada como la rosa mustia del florero. Me sonrío a mí mismo lo mismo que anoche pero el muchacho que me mira desde el fondo del espejo debe de tener una pena muy honda. Las garúas del verano golpean los cristales de las ventanas. El reloj de bronce de la consola deja caer su tic-tac en la acongojada quietud de la habitación; sobre él se destaca la figurita cansada del peregrino en su eterna actitud de marcha. Así hemos oído las ocho, las nueve, las diez . . . mamá no vuelve . . . Cuando mama Canducha me toma en sus brazos para llevarme a la cama, estalla en sollozos.

No puedo dormir y siento que la noche se hace cada vez más profunda y que yo me voy hundiendo en ella con los ojos abiertos.

En la lejanía está ladrando un perro, y al oírlo me parece que la oscuridad, la soledad y la distancia se intensifican, se hacen muy hondas y se vuelven dolorosas como si formaran parte de mi propia carne. Me adormezco y entonces ha sido la noche misma la que está ladrando en la lejanía. Del otro lado de los ladridos veo a mi mamita que me tiende los brazos.

Mama Canducha procura envolvernos en su ternura y en mi dolor se refugia en ella como en un nido forrado en pelusa y algodón. Su rostro casi negro, su rostro que para mí ha sido lo más blanco que he encontrado en mi vida, tiene una expresión de angustia que su deseo de no vernos sufrir no logra ocultar. Miguel no ha vuelto a salir con su máquina de afilar, no me abandona. En vano su cuchilla ha hecho primores en madera y su boca, narrado maravillas... Ninguno de los tres lo atiende. El violín está callado como el buen amigo que pone su amor silencioso y rebosante de emoción, a la vera de nuestra pena. Aquí está Merceditas, sentada como siempre a mis pies, con la cabeza inclinada, apretando su cuerpo contra mis piernas muertas. Sus dedos de ordinario tan diligentes, están ociosos.

¿Y Gracia? Aquí está también. Desde que mamá se fue, el peine no ha vuelto a entrar en esa cabeza en la que se dijera que ha habido una lucha. Tiene así, con el pelo alborotado, un aspecto salvaje. Casi no ha vuelto a hablar, ella que jamás tenía el pico cerrado. Ha venido a tirarse en el suelo junto a mí y se ha puesto a llorar. Al cabo de un rato, moja un dedo en los pocitos que han dejado sus lágrimas y dibuja flores, perfiles humanos, animales; por último procura que las gotas que siguen manando de sus ojos se pongan en fila y formen la palabra "mamá".

¡Pobrecita mi hermana Campanita! ¡Pobre corazón alegre que encuentra medio de jugar con su llanto!

Tres días después de la partida de mamá llega mi padre. Nos da un beso que nos roza apenas. Al verlo, el frío que tengo desde que ella no está, se hace más intenso. Vuelve a salir sin hablarnos y regresa en la noche; nos halla en la sala, en el rincón en donde a menudo pasábamos con mamá la velada. Se sienta en un sillón y comienza a fumar. Luego se levanta y se pasea con aire agitado. A ratos se detiene. Entonces puedo oír el tic tac del reloj. Tengo la sensación de ir dentro del tiempo como en el carro de un tren cuyas ruedas producen ese tic-tac. Ese tren me va a dejar en una estación sumida en las tinieblas y en la soledad.

No me atrevo a mirar a papá frente a frente, pero lo hago por el espejo: tiene la frente arrugada y ésto le da un aspecto hosco.

Gracia se atreve a preguntarle:

—¿Usted sabe dónde está mamá?

Nos mira largo rato sin contestar. Ha dejado su paseo y vuelvo a sentir la palpitación del reloj. ¡Dios mío! El tren se ha detenido . . .

Por fin habla: —¡Ustedes no tienen madre . . .!

Yo grito: —¿Le ha pasado algo?

Y Gracia: —¿Ha muerto?

El responde: —¡Ojalá hubiera muerto!

Mama Canducha entra y él dice: —Candelaria, alistá todo lo de Sergio pues se irá a vivir donde Concha.

Sobre todos cae un silencio que nos hace inclinar la cabeza.

Candelaria interroga tímida y temblorosa: —¿Y las niñas?

—Al colegio, internas.

Otra vez el silencio.

La anciana da un paso y con acento trémulo: —Don Juan Pablo, ¿por qué no los deja aquí? Usté sabe que los quiero como si fuesen míos. Yo se los cuidaré como cosa propia . . .

A esto se le responde brutalmente: —No hay que pensar en eso. Yo no puedo dejar mi casa en poder de una sirvienta.

Todo se desvanece en torno mío . . . Abro los ojos y estoy en mi camita, mama Canducha me frota la nuca con hierbas aromáticas y mis hermanas me acarician las manos y sollozan.

Es la mañana en que nos sacan de casa, a mí para llevarme donde la tía Concha, una hermana de mi padre, a mis hermanas para conducirlas al colegio. Salen de su cuarto vestidas con el uniforme del colegio y a mí me parecen otras con su nuevo traje. Tienen los ojos hinchados de llorar. Yo procuro mostrarme tranquilo para darles valor. No vemos a mama Canducha porque anoche convinimos con ella en no despedirnos.

Mi padre se ha encargado de las niñas y Miguel

64

de mí. Salimos en silencio. Las ruedas de mi silla chirrían en la arena del jardín. Pido a Miguel que me lléve por el palomar y por la jaula de los conejos. Al pasar veo a los conejos asomar sus hociquillos inquietos y engullir hojas tiernas de churristate. Entre el follaje de los árboles de dama cantan multitud de pájaros que han venido a comer las frutitas amarillas de este árbol. Ya no serán ellos los que me despierten con su algarabía. Hace unos días comenzó a venir un nuevo comensal, un cacique veranero escapado quizá de alguna jaula. Sus gorjeos suenan muy parecido a un cantarito que se vacía. Como es menudito y de color anaranjado, parece una hoja iluminada por el sol y movida por el viento. Las palomas arrullan entre sus nidos. Les digo adiós y también a los comemaíces tan mansitos que venían a comer en mis manos; a la bandada de viuditas de plumaje color gris-celeste que venían a armar grandes bullas entre los limoneros; al naranjo bajo el cual he pasado tantas mañanas; al mirto de mi edad; a los palitos de murta; a la glorieta de flor de verano; al cuartito de las golondrinas y a la acequia que refresca el jardín y que pasa murmurando: "adiós Sergio, Gracia y Mercedítas". La verja produce un lamento melodioso al abrirse y al cerrarse, con un sonido parecido al canto del jilguero. Hace pocos días el quejido de estas bisagras herrumbradas me despertó muy de mañana . . . Fue el día en que se marchó mamá. En lo alto de la verja el viento mueve un cartel en el que se lee: "Se alquila con muebles.

Entenderse con etc.". Ya en la calle vuelvo los ojos para mirar mi casa. Allí queda con sus grandes corredores, que las flores rojas, rosadas y blancas de los jardines ponen tan alegre. Tiene las ventanas cerradas, como para no vernos salir, y sobre el tejado las palomas alineadas esponjan al sol su plumaje. Mi silla comienza a rodar . . . y tras ella siguen mi padre y mis hermanas. Al llegar a un recodo del camino vemos el tejado que asoma entre los árboles de dama y el roble de montaña que está de fiesta, todo cubierto de flores rosadas. De la chimenea sale un jironcillo de humo que ondula bajo el azul del cielo; yo imagino que es el pañuelo con que mama Canducha nos dice adiós. Mi viejita debe haberse quedado en la cocina, sentada en su taburete, llorando silenciosamente. En el cucurucho del tejado está mi gatita "Pascuala" atisbando las palomas. Muy alto vuelan los zopilotes que pintan garabatos negros sobre el cielo azul.

En una esquina nos separamos. Nada nos decimos. Mis hermanitas me besan. Gracia se pone a sollozar y Merceditas se agarra de mi cuello: " ¡Ay hermanito Sergio! ¡Ay hermanito Sergio! ", dice, y sigue su camino. A papá no lo vuelvo a ver. Mi silla toma el rumbo que va a la casa de la tía Concha.

Encontramos niños que van a la escuela hablando en voz alta y riendo, con sus libros bajo el brazo. En las puertas hay madres que se han asomado a ver partir a sus hijos. Algunas dicen suspirando: —Hijo, que Dios te acompañe.

La casa de la tía Concha y del tío José era para mí la estación oscura y desierta que imaginara la otra noche en la sala de mi casa. Ambos me han producido siempre la misma indiferencia que producen los lugares en donde no hay nada. Nunca nos habíamos tratado muy de cerca. ¿Por qué he tenido que venir a parar a esta casa? ¡Cuánta desesperación hay dentro de mí! De pronto recordé a Ana María y me sentí como si yo fuera un insecto cansado que hubiera encontrado en un desierto una matita de hierba en donde descansar las alas.

La casa de mis tíos queda en el pequeño caserío de San Francisco de Guadalupe, a un paso de la ciudad, del otro lado del río Torres. Está situada frente a una plazoleta insignificante desprovista de árboles y rodeada de habitaciones sucias.

Es un lugar solitario, pero no tranquilo pues a cada rato lo inquietan los tranvías que van a Guadalupe y vienen a la ciudad.

El caserón es antiguo, de gruesas paredes, con ventanas voladas y provistas de rejas de hierro. A la entrada hay dos naranjos y sobre el tejado crecen hierbas. Las habitaciones son vastas y frías, con el pavimento de ladrillos que mi tía hace encerar a menudo, y que a primera vista se creerían mojados. Los muebles son pesados y grandotes. La sala tiene un aspecto lúgubre con sus sillones y sofá forrados en tela oscura, en las paredes retratos de abuelos de cara de pocos amigos y dentro de un fenal una dolorosa enlutada y triste con el corazón atravesado por puñales. Es una escultura de madera traída de Guatemala que mi tía estima como a las niñas de sus ojos. Bajo la gran mesa redonda del centro mi tía Concha casi siempre tiene cohombros, y al entrar se siente el perfume ácido y fresco de esta fruta.

Mi cuarto es una pieza grande en la que resuenan los pasos; las ventanas dan a la calle y por ellas se ve la pequeña iglesia de ladrillo, en construcción desde hace muchos años. De noche me llena de terror el oír las boronas que caen de las tablas del cielo raso, carcomidas por el comején. Mi cama está a la sombra de un enorme armario, a la par de una cómoda rechoncha y gavetuda como la tía Concha. Me da miedo despertar a media noche y encontrarme entre el silencio alumbrado por un candilito de aceite que mi tía tiene la devoción de dejar encendido a las ánimas. Las gigantescas sombras que proyectan los muebles se agitan al son de la llama débil. Hay un reloj que constituye otro de mis terrores nocturnos. Está en el comedor; es una caja de madera negra que parece un ataúd colocado verticalmente. Por su puerta de cristal se ve el péndulo, grandote y dorado, y en la quietud de la noche resuenan los golpes de ese péndulo que se me antoja la respiración de las sombras pavorosas que me rodean. En mi casa yo tenía un cuarto en el que nunca sentía miedo.

Ayer por la mañana fue que me trajo Miguel a esta casa, pero es para mí como si hiciera años.

Es de noche. Me dejaron en mi nueva habitación, cerca de una ventana. Las campanas han repicado llamando al rosario. Algunas mujerucas arrebujadas, entre ellas mi tía, entran al templo. Una pálida claridad sale por las ventanas de la Iglesia y hasta mí llega el rumor de los rezos. Sobre el fondo estrellado del cielo, se destaca el gran perfil sombrío de la Iglesia.

¿Qué habrá sido de mamá? ¿Para dónde tendrán que irse mama Canducha y Miguel? ¿Y mis hermanitas? ¡Qué oscura estará la sala! Recuerdo la escena de la otra noche en el espejo ... ¡Ahora dentro de su luna sólo las sombras ... ! Quizá los dos viejos se hayan reunido en la cocina y hablen de nosotros. Cierro los ojos y veo el rostro oscuro de mama Canducha, inclinado, con la mirada dirigida tristemente hacia las llamas. Frente a ella mi viejo amigo con su cara bondadosa rodeada de barba plateada, las manos cruzadas sobre las rodillas.

Mi imaginación vuela hacia nuestra casa ... Oigo caer las gotas de la llave mal cerrada, en la pila llena de agua del lavadero y también los limones amarillos del lindo limonero del jardín. El lavadero y el jardín están sumidos en la oscuridad. La pila llena de agua es como una gran caja de resonancia. Caen las gotas y hacen saltar una nota musical pequeñita, tan pequeñita que casi no la

69

pueden distinguir mis oídos... Tin, tin, tin, tin... A la nota se le quedan flotando en la superficie de la pila unas guedejas azules muy finas que son como los estambres de las pequeñas flores del mirto. Los limones amarillos se desprenden de las ramas. Es que están ya tan maduros que no pueden sostenerse más y van a través de la noche rodando juguetones por el suelo o bien se quedan muy quietos entre una cama de hojas. El agua de la acequia se aleja cantando su canción: "Adiós Sergio, Gracia y Merceditas..."

De pronto dos bracitos han rodeado mi cuello y una pequeña cabeza se acerca a mis mejillas... ¡Ah!, si es Ana María! No la sentí llegar porque está descalza.

Su voz suave y cariñosa pregunta: —¿Por qué llorás Sergio?

No respondo. La inflexión tierna de su tono, invita a mi pena a desbordarse y los sollozos brotan de mi garganta. La presión de los brazos aumenta y unos labios tibios comienzan a besarme... Luego, unos sollozos tímidos acompañan los míos.

El dolor se va calmando e interrogo: —¿Por qué llorás Ana María?

—Porque me dan ganas de llorar cuando te veo llorar.

—Yo lloro porque me han traído aquí... Ay Ana María, en casa cada uno ha cogido por su lado.

—Anoche oí a la niña Concha decir que te ibas a venir con nosotros, Sergio, y me puse más contenta...!

—No debías haberte puesto contenta. Me vine porque soy como un preso en esta silla . . . Si tuviera mis piernas buenas habría huído no sé para dónde . . . Yo no quiero ni a la tía Concha ni al tío José. Tampoco quiero a papá.

—¿Y a mí?

—A vos sí . . .

—¿Por qué te has venido?

—¿Por qué? Porque no tengo mis piernas buenas. Ana María, ¿no has oído decir en dónde está mamá?

—¿La niña Cinta se ha perdido?

—Sí.

Lloramos de nuevo.

Entre sollozos interrroga: —¿No la han buscado?

—No sé.

—¡Qué extraño! Yo creía que la gente grande no se pierde . . . ¿Y tus hermanitas?

—Las llevó papá al colegio, internas. Si estuviera aquí mama Canducha . . .

La pena me estruja otra vez la garganta. Ana María sale corriendo; enseguida vuelve y me pone entre las manos dos pequeños objetos. —Tomá y no llorés más, Sergio —me dice.

La voz gruesa de mi tía, que ha regresado del Rosario, resuena enojada: —Ana María, ¿y eso qué es? ¿Por qué no has encendido las lámparas? ¿Cuándo vas a aprender a hacer las cosas sin que te lo manden?

La niña se escurre. Quisiera haber seguido llorando en la oscuridad, con los bracitos de Ana María en torno de mi cuello.

Ana María era entonces una peloncita de unos ocho años, si bien aparentaba menos. Era como el duendecillo de aquel caserón, y parecía tener el don de la ubicuidad: estaba en todas partes, lo que indignaba a mi tía Concha. Cuando menos se esperaba, se veía surgir entre los grandes muebles, la figurita menuda de graciosa cabeza, en cuyo rostro moreno se abrían unos ojos muy negros y rasgados como los de las cabras: los párpados estaban adornados con un fleco espeso de pestañas "chuzas", tupidas y cortas que le lucían mucho. La naricilla ñata tenía el aire de ir husmeando travesuras y en las mejillas se abrían al menor pretexto, unos camanances que eran en esta cara unas pilitas de encanto y picardía. Mi tía no le había dejado crecer el cabello, seguramente para no tener el trabajo de peinárselo.

Recuerdo haberla visto siempre con unos trajes azules de lunares o florecillas blancas, de larga falda para que no anduviera enseñando las piernas, como decía mi tía. Eran trajes sin gracia, sin adorno alguno. Años después me contó Ana María que este recuerdo se debía a que la tía Concha le compraba al principiar el año, tela azul para cuatro vestidos idénticos que tenían que servirle los doce meses y más si era posible. Además, por economía, el ama de la casa había condenado los pies de la niña "recogida", a ir descalzos por esta pedregosa vida.

Ana María había sido sacada por la tía Concha, del Hospicio de Huérfanos, y en el piadoso establecimiento ignoraban el nombre de los padres de la niña. La tía Concha hablaba del acto de haber sacado a Ana María del Hospicio, llevado a cabo por ella, como si la chiquilla hubiese tenido la suerte de subir del infierno al cielo.

A la luz del día he examinado las cositas que me diera anoche Ana María, con el fin de calmar mi llanto. Son, un prisma triangular de cristal de esos que adornan las lámparas de las Iglesias y una crucecita de hueso labrado, amarillenta, en cuyo centro hay un agujero con una lente minúscula. Ella ha venido a explicarme su valor y uso. Ambas cosas son para regalo de los ojos: por la lentecilla de la cruz se ve un Niño Dios dormido entre flores con la cabeza apoyada en un corderito. Todo allí dentro resplandece y yo no quisiera quitarme de esta inocente visión. ¡Cuán admirable es para mi espíritu sencillo la pequeña cruz amarillenta y sucia, que guarda en su interior el luminoso cuadro del pequeño Jesús dormido entre azucenas con un blanco corderillo por almohada! Y mirando por el minúsculo cristal habría pasado las horas, si Ana María no me lo quita para deslumbrarme con su otra maravilla: el prisma de cristal. Cuando me he puesto a mirar a través del prisma ha sido para mí lo mismo que si me hubiese internado en un arco iris; cuanto me rodea, adquiere de pronto una belleza mágica . . . algo así como si una de las hadas de los cuentos de Miguel lo hubiese tocado todo con su varita de virtud. Las sucias casillas en torno de la plaza, el lodo de la calle, las nubes, la hierba, el viejo caballo que pace, han sido bañados con una luz en la cual se han diluido todas las piedras preciosas. Las paredes de la Iglesia no muestran la desnudez áspera de sus ladrillos, ni las torres a medio terminar tienen un aspecto descarnado y feo. Todo ha sido cubierto con una capa de brillantes, esmeraldas, rubíes; la luz hace en todos los ángulos encajes delicadísimos. Yo pienso en un palacio encantado. ¿Y el jardín? Al verlo grito fuera de mí: —Ana María, es como entrar al jardín de Aladino! Si pudiéramos meternos dentro de tu vidrio, Ana, y vivir en él!

La tía Concha pasa por el corredor y la chiquilla dice ingenuamente: —Mirá a la tía Concha, Sergio, y verás que hasta ella es distinta". Obedezco y me convenzo de que la antipática señora se ha irisado también.

¿De dónde cogió Ana María estos objetos? El prisma lo encontró en la Iglesia y la cruz la tiene desde que estaba en el Hospicio. Me ha confesado que la escamoteó a una vigilante. Un día en que fue castigada, para consolarla, la mujer desprendió la cruz de su rosario y la hizo ver el misterio allí encerrado. Desde entonces, el poseerla fue su único anhelo. El ser dueña de esta cruz, constituía para ella la felicidad. Por fin logró apoderarse del tesoro que escondió en el hueco de una pared; cuando estaba sola iba a contemplarla emocionada.

Ha sido preciso que hayan transcurrido tantos años para comprender el valor del desprendimiento de la chiquilla, al darme estos objetos que encerraban para ella toda la dicha y la belleza. En aquella época lo comprendí de una manera muy vaga. Quise devolvérselos, pero me dijo heroicamente: —No, Sergio, cogételos... si yo tengo mucho que hacer y no me queda tiempo de mirar por ellos. Además, si la niña Concha me los encuentra, me los tira al tejado. ¿Sabés dónde los guardo? Pues entre una lata de salmón vacía que escondo en el palo de mango. Con vos estarán más seguros y cuando yo tenga tiempo, vengo a que me los prestés.

¡Cuántas veces después, olvidé mi pena, como en esa mañana al contemplar la vida a través del prisma de cristal de Ana María o mirando por el agujero de la crucecilla de hueso, el minúsculo espectáculo que ponía alas a mi fantasía!

La tía Concha no se cansaba de sacar a relucir la caridad, de que diera prueba, al sacar a Ana María del Hospicio de Huérfanos, para tratarla, decía ella, como a una hija. Sin embargo, en esto había procedido lo mismo que en su cultivo y desvelo por los rosales, cuya belleza no le importaba tanto como las monedas que le producían. Razón tenía Engracia la cocinera al decir que "la niña Concha no arrancaba pelo sin sangre". Si la chiquilla no andaba por los suelos bruñendo o encerando los ladrillos, estaba limpiando vidrieras, barriendo patios y desagües, desyerbando el jardín, llevando y trayendo las vacas, metiendo leña. El caso es que la tía Concha no dejaba a la pobre criatura tentar tierra. Dichosamente Ana María tenía una imaginación viva y alegre, y todos sus trabajos los volvía juego: Si limpiaba el pavimento de una habitación, dividía los ladrillos en dos bandos, el suyo y el de la niña Concha. Los que pertenecían al primero, quedaban convertidos en espejos, y a los otros les daba poco brillo, para que rabiaran. Si la ponían a barrer el patio, hacía fogatas con las hojas secas, que representaban incendios terribles; a veces tenía compasión de una ramilla que se retorcía entre las llamas y la salvaba. Las rosas Príncipe Negro eran sus predilectas, y al pie de estos rosales no se encontraba jamás una mala hierba. Si había que meter carretadas de leña, quien sabe cómo se las ingeniaba para que todos los chiquillos de la vecindad la ayudasen; venían hasta los hijos de un gran diplomático que vivían en una hermosa casa de las inmediaciones, quienes cargaban haces de leña sin cuidarse de sus magníficos trajes. En hacer divagaciones curiosas, opuestas sobre cuál de todos cargaba más palos o llegaba primero al galerón, en contar cuentos y reírse se les iba el tiempo. Dramatizaban los cuentos que leían y Ana María era o bien María Cenicienta o bien Blanca Nieves en espera de los enanos y a mí se me convertía en Robinson. En las tardes de verano, mientras la tía Concha iba a rezar su Rosario a la

Iglesia, Ana sacaba a Sergio en su silla a la plaza; se les reunían otros niños y jugábamos de modo que yo pudiese tomar parte. Y allí se estaban contando cuentos a la luz de la luna.

En las noches de invierno se iban a la cocina a experimentar el terrible placer de escuchar los cuentos de espantos, referidos por Engracia la cocinera: el de la Segua, a quien el trasnochador perseguía tomándola por una linda muchacha la cual al cabo de mucho caminar se volvía y dejaba tieso a su perseguidor, mostrándole los enormes dientes de su hocico de yegua; el de la Llorona lamentándose en las riberas de los ríos por el hijo que había arrojado en la corriente; el del Cadejos, el de la Tulivieja, el del Padre sin Cabeza, el del Mico Malo. Los niños nos íbamos a la cama con un escalofrío en la espalda. Las sombras, en mi cuarto adquirían formas espantosas. Me dormía con la cabeza envuelta en las sábanas y la frente sudorosa. Pero al día siguiente volvíamos a pedir a Engracia más relatos espeluznantes.

Mi padre ha venido a despedirse porque se vuelve a la Línea a terminar de arreglar sus asuntos. Ana y yo estamos en el corredor, tras un macizo de pacayas y no somos vistos. Papá dice: —Tal vez sea mejor que Candelaria se venga a cuidar a Sergio.

La tía Concha interroga: —¿Cuánto le vas a pagar?

—Pues tanto —contesta mi padre.

—No es mucho, pero mejor no llamés a Candelaria: yo misma cuidaré de Sergio . . . el tiempo no está para dejar ir un centavo. Entonces, ya sabés, nos pagarás una pensión de tanto, y es barato. Juan Pablo, te lo aseguro, estando el tiempo como está.

—Bueno, mujer —responde con disgusto mi padre.

¡Qué mujer más odiosa! Ella pregunta: —¿Al fin has sabido algo de Cinta?

—Sí. Se ha marchado al Perú.

—¿Qué iría a hacer allí tu compadre Rafael Valencia?

En su rostro hay una risilla repugnante de conejo. Se le contesta secamente: —No sé . . .

Hay una pausa y yo escucho el palpitar de mi corazón. Siento como si quisiera salir huyendo de la desolación infinita que se me metió en el pecho desde que oí a mi padre.

En la noche, cuando solamente se oyen los golpes del gran reloj, me pongo a llorar. Mi tía ha dejado sobre la cómoda el candilito de aceite encendido en descanso y alivio de las ánimas; estoy rodeado de pavorosas sombras que se mueven según la oscilación de la llama. Lloro sin cubrirme la cara con las manos. De pronto el duendecillo de la casa surge de un rincón. De un brinco está a mi lado en la cama. Se pone a abrazarme y como la otra noche, llora conmigo. Este acto tiene el poder de calmarme, como seguramente no lo habrían conseguido las palabras más elocuentes.

—Ana María, ¿sabés dónde está el Perú?

—No. El Perú . . . ¿Te acordás Sergio?,

78

A-e-i-o-u, guayabita del Perú, ¿cuántos años tienes tú? Mirá lo que te he traído, —dice sacando una anona de entre los pliegues de su vestido. —Está madurita: es de una guaca que tengo a la orilla del río. Dios libre que la niña Concha lo sepa. ¿Querés que la comamos?

La divide sin esperar mi contestación y me dice: "—Es como ponerse en la boca los terrones de azúcar, Sergio". Habla con la boca hecha agua y me contagia. Sonrío bajo mi llanto y saboreo mi parte. Ana dice, señalando una lágrima enredada entre mis pestañas: —Cuando te da la luz allí, se ve de colores como en mi vidrito.

Una vez tranquilo, me hace acostarme y me arropa bien, con solicitud maternal. Le cuento que lo mismo hacía mamá Canducha. Luego se va y desaparece detrás del armario.

Me duermo y sueño que tengo las piernas buenas y que salgo huyendo de la casa de mis tíos, hacia el Perú, que se ve a lo lejos: el Perú es una casa en cuyo tejado está mi gatita Pascuala. Allí vive mi mamita y el aire es irisado como en el prisma de Ana María. Veo a Gracia que viene corriendo a mi encuentro, gritando alegremente —"A, e, i, o, u, guayabita del Perú, ¿cuántos años tienes tú?

La tía Concha era una mujer bajita, rechoncha y ridícula, de voz hombruna. Su cara, muy empolvada, lo dejaba a uno en la duda de si era joven o vieja. Cada noche, antes de acostarse, Ana tenía que arreglarle el cabello en multitud de trencitas y el que le rodeaba la frente había que retorcerlo en una serie de piruchitos envueltos en tiras blancas y papeles. Toda esta fábrica era deshecha otro día con gran complacencia, y ondas y rizos servían para confeccionar un fantástico peinado. Padecía de jaquecas, y el día que amanecía con este mal, se colocaba unas rodajas de papa cruda en la frente, las cuales se sostenían con un gran pañuelo blanco. Sergio pensaba al ver a la tía Concha con aquella venda en un difunto que movía a risa. Ana y él se burlaban a las escondidas. En los días de jaqueca todo el mundo tenía que andar en puntillas, bajar el diapasón de la voz, y la pobre chiquilla tenía que soportar mojicones y pellizcos que le propinaba la enferma. Su vida estaba dedicada a los pisos y a las plantas, sobre todo a las begonias. Siempre andaba a caza de "hijitos de rosa", de hojas sazonas de begonia, de recetas para abonar esta planta o la de más allá. No había lata de conserva vacía, ni olla inservible en donde no retoñara la consabida hojita de begonia. Ella las bautizaba a su antojo, según el dibujo, color o parecido que tuviera: "la naipe", "la bronce", "la lotería". En las mañanas yo tenía que quedarme en la cama hasta la hora de almuerzo, porque la maniática señora —en vez de cuidarse de mí— se ponía a moler cáscaras de huevo, a desmenuzar estiércol y a mezclar orines con agua para sus begonias. Desde entonces cobré a esas preciosas plantas una profunda antipatía y jamás me han llamado la atención sus complicados tornasoles ni sus manchitas caprichosas.

No se crea que cultivaba desinteresadamente las flores. Su buen sentido había sabido convertir la poética afición en un pequeño negocio: la tía Concha traficaba con begonias y rosas. Tenía una gran plantación de rosales; pero sus ojos avaros no se complacían en la belleza de los colores de los pétalos... Ellos no veían sino el brillo de la moneda que cada flor representaba. En las tardes contaba las pesetas que amanecían abiertas en las American Beauty o en las Frau Carl Dusky y en las monedas que se abrirían en las Príncipe Negro. Mi tía Concha sí podía decir que tenía matas de dieces y pesetas.

Había que oírla hablar horas enteras con sus parroquianas, de la vida y milagros de este o aquel ejemplar: que lo consiguió en tal parte, que lo sembró en tal otra y que mucho tiempo lo dio por muerto. ¡Ah! pero un día —por cierto iba ella muy distraída a dejar a Engracia la cocinera el Royal para el pan, cuando le dieron ganas de volver a ver... y se va encontrando con el retoñito. Después lo había pastoreado como a una criatura: que ya en este rincón, que ya en la ventana, que sus poquitos de agua con orines.

Su marido eran un hombrón más joven que ella. La tía Concha lo manejaba como a una de sus begonias menos estimadas. Nunca he visto nada más humilde que el rostro del tío José, siempre inclinado levemente hacia la izquierda y no se me borrará el aire de mansedumbre con que este hombre tan alto y robusto, echaba a andar detrás de la pequeña y obesa figura de su esposa. Su voz no se oía en aquella casa y si ella se dignaba consultarle cualquier asunto murmuraba apenas: "Como te parezca, Conchita".

Recuerdo también una monomanía de la tía Concha que sacaba de quicio a mamita Jacinta: la de andar averiguando la edad de cada hijo de vecino sobre todo la de las mujeres, y la de llevar en la punta de los dedos los años que contaban sus amigas o las hijas de éstas. Tal monomanía constituía una verdadera mortificación para sus amistades, a las que, en cuanto se hablaba de la edad, les ponía frente a los ojos —con implacable gesto— el número de años, meses y días que habían respirado el aire de este planeta y pobre de la muchacha mayor de veinticinco años que en presencia de la tía Concha se atrevía a quitarse un añito o dos, porque allí estaba ella con su memoria de inquisidor, recordando a la olvidadiza la fecha de su nacimiento ocurrida para el terremoto tal o para tales temblores o para éste o aquel acontecimiento extraordinario. No podré olvidar cómo se encendían de ira los bellos ojos de mi madre cuando la tía Concha le recordaba que ya había pasado de los treinta.

¿Y lo de creer que Dios hacía a un lado sus divinas tareas para atender expresamente los negocios de Concepción Esquivel de Rojas e interponer su celestial intervención a fin de que estos le salieran tal como a ella le convenía? A menudo la oíamos exclamar: "Ah mi Dios tan bueno conmigo! ¡Miren allá como me oyó lo que le pedía! Nunca le podré pagar la ayuda que me dio en este trato en el que me gané cinco mil colones sin mayor costo. Si no hubiera sido por El, no habría podido comprar o vender tal casa, o colocar con buena hipoteca ese dinero o vender bien el terreno de San Isidro . . . " Y la tía Concha levantaba los ojos al cielo en acción de gracias, o dirigía una sonrisa de gratitud al Crucifijo que colgaba a la cabecera de su cama. El domingo dejaba caer en el platillo de limosnas del Templo unas monedillas de poco valor que el caer producían un ruido metálico que la señora creía agradable a los oídos del Supremo Hacedor.

¡Ah! esta tía Concha con su busto protuberante en el que se le hundía la papada; ¡Ah! sus gorduras y mondongos que le temblaban el andar! Sólo en el real pensaba: hoy en ir a recoger el alquiler de las casas que poseía; mañana en ir a cobrar el interés del dinero prestado; otro día en el baratillo abierto en las inmediaciones del Mercado; o bien, en ir a los pueblos de los alrededores en donde el maíz, los frijoles y la manteca se podían conseguir con un cinco menos. Contaba Ana María, que cuando la niña Concha la mandaba a la cocina a ayudar a Engracia a hacer empanaditas de queso o pastelitos de carne, al terminar su tarea tenía que sufrir la inspección de la señora que le abría la boca de par en par y le metía los ojos implacables hasta el galillo a ver si la chiquilla había robado boronitas de queso o relleno de pastel.

En cuanto al tío José, tenía también sus monomanías, y la principal era su pasión por los pájaros que la esposa le permitía en vista de que con ella podían realizar buenas operaciones comerciales, por ejemplo la venta de una chorcha o de un jilguero.

Los viernes y los sábados se iba desde temprano a la plaza de la Merced —en donde por ese entonces se establecía el mercado de pájaros —a curiosear simplemente o a comprar un buen ejemplar. Por las noches llevaba las jaulas a su cuarto y las cubría con trapo para defender a los pájaros de las picadas de los zancudos. Ana María me contó que el zenzontle de las melodías maravillosas que a mí me extasiaban, estaba ciego ... y que quien apagó estos ojos fue este hombrazo insignificante. Sus oídos golosos no vacilaron en sacrificarlos para su placer. Este detalle me hacía ver al tío José con rencor y repugnancia.

Años más tarde recordaba yo al tío José sin la mala voluntad que le tuviera de niño. Quizá la afición del viejo por los pájaros, era una manera de expresar su sentimiento por lo bello, algo primitivo, parecido a lo que sienten los niños cuando persiguen mariposas con su red o con su gorrilla. Tal vez la rutina de su vida de hombre rico que alquilaba casas y prestaba dinero a un alto interés, rutina llevada junto a una mujer redonda, lisa, como la tía Concha, le había aplastado la energía indispensable para ir más allá de las alas y los trinos encerrados en una jaula. A menudo se encuentran estos aficionados a los pájaros y a su música entre gentes metidas en oficinas, en empleados de Juzgados y Alcaldías, en militares, en dependientes de tiendas y pulperías, en barberos. Esas gentes se hacen un agujerito en la pared de los prejuicios y costumbres formada en torno de su imaginación, y por ese agujerito se ponen a atisbar la gracia de la vida que pasa fugaz y luminosa frente a la monotonía cotidiana. Son como presos que gozan mirando a través de la reja de su cárcel, la nube, el trozo de cielo azul, la rama del árbol.

¡Cuántas veces a lo largo de mi vida he vuelto a recordar el corredor amplio y fresco, poblado de pájaros y helechos, de la casona de San Francisco! Era un corredor con techo de tejas de barro colocadas sobre un enrejado de vigas y cañas delgadas, pavimentado con ladrillos rojos, relucientes de limpieza. En un rincón el armatoste de madera destinado al gran filtro de piedra porosa de Pavas, una gran bolsa negra y húmeda, y bajo el filtro, la panzuda tinaja nicoyana, colorida y fría, dentro de la que iban cayendo las gotas de agua filtrada. Alrededor, los helechos —surtidores de verde frescura— y colgando de la solera y de las vigas, las jaulas de alambre, de berolís, de tora, de caña brava, dentro de las cuales saltaban y piaban los pájaros del tío José: juanitas que eran como flores con su plumaje de suaves matices, avivados por manchas negras: monjitos de collar negro y turbante amarillo; gallitos cuyo canto llena de alegría a las faldas de las montañas de Costa Rica. ¡Qué lindos son estos gallitos con sus plumas amarillas dispuestas en forma de cresta y barba, lo que los hace parecerse al gallo doméstico! Cuando recuerdo aquel corredor, en mi memoria reviven los pájaros del tío José, como muchos años atrás los oyera despertar al amanecer: la chorcha, con su vestido de un amarillo encendido con pinceladas negras, su gorguerita roja y el ojo vivo de azabache. Cuando se aburría de estar en la jaula, se salía y se iba a posar en el hombro de su dueño o a vagar por toda la casa. El gato la respetaba. Imitaba el tintineo de las gotas del filtro, el chorro de la cañería, el canto de sus compañeros, y remedaba con cierta insolencia las risas y las canciones de la cocinera. Había allí también jilgueros de campanilla —el plumaje color de pizarra y el pico y las patitas amarillas —traídos de San Carlos o de la Carpintera. En las mañanas tocaban su flauta de plata que ponía un encanto en el ambiente. Había agüíos cogidos en Ujarraz; toledos de la zona del Pacífico tan   lindos con su plumaje azul turquesa, rojo, verde y amarillo; rualdos verdes como tiernas hojas de árboles; una calandria de la Línea con el pecho blanco y las alas manchadas color café; un yigüirro de montaña con su collar blanco y sus anteojos, que le daban un aire doctoral. Misterioso y dulce era el canto de este pajarito, cuyo canto debía ser algo maravilloso en media montaña. No faltaban los setilleros-flauta comprados por el tío José en Cartago, en el mes de mayo. Eran unos pajaritos muy chúcaros e inquietos, vestidos de color café, con un gorrito negro en la cabeza. Contaba el tío José que se cogen con trampa o con varillas untadas de leche de yos, que vuelan en manadas y que se dejan caer en los zorgales o en los pantanos en donde crece el chile de perro. El tío José pasaba largos ratos contándonos a los niños de sus correrías por diferentes lugares del país, en busca de pájaros: en Taras se conseguían unos setilleros-flauta que eran verdaderas cajitas de música. Eso sí, había que subir una cuesta muy empinada y desde la cima se tenía una hermosa vista de potreros verdes y de campos sembrados. Allí no había más ruido que el del viento y el suave canto de los mozotillos que saltaban entre los encinos. Era como si por el aire fueran hilitos de agua gorjeando en todas direcciones, pipipí aquí más alto, pipipí, aquí bajito. Yo imaginaba que los mozotillos de que hablaba el tío José, ensartaban sus notas diminutas, —redondas como perlitas de cristal— en las hebras del viento y que los collares de trinos se iban balanceando sobre los potreros salpicados de los soles amarillos del diente de león. Me habría gustado tanto ir con el tío José a las colinas de Taras, acostarme sobre la hierba bajo el encinar y oír el canto de los mozotillos enredado entre la suave maraña del viento para diluirse por último en el silencio de los campos dorados por el sol de la mañana. Eso sí, yo habría librado a los pajaritos que se pegaban en las varillas untadas de leche de yos o que caían en las trampas de cañas que los cazadores de mozotillos colocaban entre los árboles. En una ocasión había regresado el tío José con diez setilleros sobre las trampas. De los diez sólo uno "pegó", los otros murieron. Se pusieron a revolotear salvajemente entre las jaulas; se golpeaban contra los barrotes en el afán de huir de su cárcel y caían por fin anhelantes y extenuados con los ojitos negros brillando como chispillas. ¿Y los mozotillos de charral? Allí están también dentro de mi memoria, brincando como dentro de una jaula, con su plumaje amarillo y sus alas oscuras. En cuanto llenaban el filtro, en la mañana, y comenzaban a caer las gotas en la tinaja de Nicoya, comenzaban también los mozotillos a cantar, primero tan queditico que era como la sombra de un trino, luego iban subiendo el tono y el ambiente fresco del corredor se llenaba de música de pájaros y de la música de las gotas de agua. Los comemaíces libres saltaban bajo las jaulas, como unos pequeños mendigos graciosos que andaban en busca de las boronitas de comida que los prisioneros dejaban caer. Del cafetal llegaba el reclamo quejumbroso de los yigüirros y entre las chayoteras el comechayote no se cansaba de repetir su estribillo:

"*José, José qué s'hizo.*
José, José qué s'hizo".

El tío José, sentado en su poltrona —las manos cruzadas sobre el vientre— entreabría un ojo malicioso que parecía relamerse de gusto, y se ponía a sonreír como un bendito.

Mama Canducha se fue a servir por ahí. Los domingos pedía permiso a la patrona para ir a ver a "su muchachito". Al llegar y al despedirse me apretaba largamente contra su corazón, como si le costara desprenderse. Yo oía palpitar el corazón de la anciana, aquel corazón tan noble que se lo desearan reyes. Se informaba de si yo pasaba frío de noche, de si tomaba mi chocolate y se enojaba cuando advertía que le faltaba un botón a mi camisa.

También Miguel venía a menudo a darme la lección de violín. Además, subía con frecuencia a San Francisco con la máquina de afilar como si en esa vecindad abundasen los cuchillos y las tijeras sin filo. Las más de las veces regresaba sin haber dado ni una vuelta a la rueda.

Generalmente estaba yo sentado cerca de la ventana de mi cuarto cuando oía la música del afilador que se adelantaba a anunciar la visita de mi amigo. —Allá viene Miguel— me decía. Viene por el puente ... Ahora va pasando frente a la casa de ña Narcisa ... está subiendo la cuesta ... ya llegó al palito de jícara ...

Yo me ponía a tararear el estribillo de la flauta de Miguel: sol, fa, mi, re ... y sentía como si un calorcito se me fuera metiendo dentro del cuerpo. Por fin, una voz grave me decía del otro lado de la ventana: "—¿Cómo estás hijito?" Y una mano grande, cubierta de vello rubio se metía por las rejas y me tendía un paquetito: —Aquí te manda Candelaria este bizcocho para que lo comas cuando tomes tu chocolate. Dice que le quedó muy bueno". O bien, me daba un pequeño envoltorio en donde venía un haz de cabitos de caña de azúcar que me traía desde Santa Ana, una caña blanca y suave que se deshacía en la boca como un terrón de dulce. O si no, era un pedazo de "sobao" de Escazú envuelto en hojas de caña.

En una ocasión me dijo: "Muchacho, voy a ir a Puntarenas, tengo ganas de ver el mar". Y yo vi en los ojos del viejo una gran tristeza. Pensé que Miguel quería ver el mar por donde podría volver a su casa, allá donde vivía su hermanita Sava, la que cuando él partiera, se quedó diciéndole adiós desde una colina, con un pañuelito blanco.

Cuando Miguel regresó del puerto trajo a los niños muchas cosas: pasados, marañones, un guacal lleno de conchas y caracoles que él mismo había recogido en la playa: una sortijita de carey para cada una de mis hermanitas y otra para Ana María, con el respectivo nombre escrito en letras de oro; a mí me trajo un periquito sapoyol con su copete amarillo. Venía el pajarito entre un jucó y parecía una matita de zacate en medio de la cual hubiera florecido una margarita. Sabía decir: "hurria peri-quito . . . " y también aquello de:

"Periquito real
del Portugal,
vestido de verde
y sin medio real".

Era el querer de nosotros los chiquillos, pero un día se lo comió el gato de la tía Concha, un gatazo morisco y gordiflón, tan antipático como su dueña.

Durante mucho tiempo, los relatos del viaje de Miguel a Puntarenas llenaron nuestra imaginación. Nos contaba que se había ido por la calle real con todo y máquina de afilar; por ese camino iban y venían en el siglo pasado las carretas de los exportadores de café. En la Garita en Atenas, en San Mateo, en Esparta, Miguel afiló serruchos, tijeras y cuchillos. Tocaba el pito en media plaza o en la calle principal y enseguida acudía la gente. Los campesinos estaban encantados con aquella rueda en cuyo aro un perro perseguía a unos conejillos. Le daban posada sin cobrarle un cinco y comía en las cocinas, en la punta del moledero.

¿Y el mar, Miguel, cómo es el mar? —le preguntaba yo. Miguel trataba de pintarnos el mar con sus olas, con aquella ola capitana que venía delante de las otras como el pastor que guía el rebaño. Les hablaba de las playas blancas, llenas de conchas y caracoles, de la fosforescencia que se encendía de noche entre el agua; de las palmeras que se mecían con el viento; de los grandes barcos amarrados al muelle como unos enormes elefantes.

91

¡Ah, qué ganas sentíamos Ana María y yo de conocer el mar! Decía Miguel que era tan grande como el cielo y que en él los barcos se iban haciendo chiquititos ... y se iban hundiendo ... Primero no se veía sino el penacho de humo de la gran chimenea que se había hecho del tamaño de un cigarro ... Luego nada ... ¿Queríamos saber cómo sonaba el mar? No teníamos nada más que ponernos en la oreja el gran caracol de interior nacarado que nos había traído ... —¿Oyes Sergio? —me decía. Y yo oía: ¡Oooooh! ¡Aaaaah! ¿Cuando podríamos ir a conocer el mar? —Algún día te llevaré, hijo— me decía Miguel.

Siempre la música del afilador despertó en mí visiones que revoloteaban como golondrinas sobre grandes olas que venían de muy lejos, pero de muy lejos ... Caracoles, conchas como rosas diminutas, periquitos verdes con su copete amarillo, pequeñas sortijas de carey y pequeños peces que venían brincando y riendo sobre la espuma de la ola capitana.

Entre los recuerdos de aquella época, guardo el de una anciana llamada "ña Joaquina", recuerdo que se mueve de un marco de rezos, cantos y música.

Ña Joaquina era una mujer ya entrada en años, de esas que llaman "viejas contentas", y cuando pienso en ella todo danza sobre un fondo de malicioso misterio. La veo ir y venir chasqueando su falda de zaraza clara y sus fustanes blancos adornados con bordados, falda y fustanes tan almidonados que se paraban solos y parecían globos inflados. Ña Joaquina me sonríe al través del tiempo, con su sonrisa que iluminaba su cara arrugada. Era una sonrisa que hacía juego con las florecillas de vivos colores y con las peinetas de carey incrustadas de oro con que adornaba su cabello canoso.

Habitaba la viejecita con su sexto o sétimo marido, en una casita vecina del puente del río Torres, camino hacia San Francisco de Guadalupe. La casita estaba encalada de blanco, adornada con listas color azul prusia. Frente a ella un jardincillo florecido de chinas y miramelindos, oloroso a albahaca, romero y ruda. De la calle que quedaba en alto, casi al nivel del techo— se veía el tejado de tejas de barro cubiertas de musgos y líquenes.

El santo de la devoción de ña Joaquina era San Rafael Arcángel y cada 24 de Octubre lo celebraba con un rosario con música y repartición de mistela de leches, rosquitos repotillos, etc. Esta fiesta iluminaba nuestra fantasía infantil como con estrellitas de colores. Desde la víspera del día de San Rafael, no salíamos Ana y yo de la casa de ña Joaquina y metimos la nariz en cada uno de los preparativos. Eramos los primeros en llegar el 24 de Octubre y nos situábamos frente al altar a admirar la obra artística salida de las manos de ña Joaquina y de sus vecinas más allegadas; blancas cortinas de encaje en la pared a la que adosaban una mesa cubierta con una colcha de seda amarilla y el conjunto sembrado de ramos de papel dorado; en grandes flores, varas de azucenas y rosas artificiales; en los candeleros de cobre bien bruñido, largas candelas de cera con su llamita de oro en el extremo. Y en medio de tantas glorias, el Arcángel San Rafael con su capa de peregrino adornada con la consabida concha que servía a los viajeros para beber agua. Llevaba de la mano al joven Tobías que traía un pez plateado bajo el brazo. Era una tosca escultura de madera, obra de algún ingenuo imaginero criollo. Las vestiduras de San Rafael y de Tobías estaban pintadas con esmaltes de colores chillones.

¡Qué emociones más brillantes, más alegres, despertaba en nuestro ánimo esta fiesta a San Rafael Arcángel. Era como si a nuestro alrededor tintinearan miles de campanitas de plata al menor movimiento de nuestra fantasía. ¡Con cuánta felicidad oíamos la orquesta compuesta por un violín, un acordeón, una guitarra y la flauta de Chico Beltrán muchacho músico medio ciego que se complacía pasando la boca por el instrumento como si estuviera comiendo frutas muy dulces y perfumadas. Los instrumentos acompañaban las Avemarías y las letanías del rosario que salían cantadas por la voz gangosa del rezador como monjas alegres que se escaparan a un baile: "Turris ebúmas"; "Fidelis arca"; "Estela matutinae". Todos respondíamos cantando también: "Ora pro nobis".

Pero nosotros teníamos nuestras dudas con respecto a ña Joaquina; habíamos leído la Historia Sagrada que el joven Tobías, protegido del Arcán-

gel San Rafael, se había casado con una mujer llamada Sara y en la novela que rezaba ña Joaquina
habíamos leído el siguiente verso:

"Siete maridos miró
Sara con sus propios ojos,
que fueron siete despojos
del diablo   que los mató".

Ña Joaquina nos contaba, que los maridos de
Sara habían sido muertos por un demonio llamado
"el demonio Asmodeo". ¿Por qué los había ma-
tado este demonio Asmodeo los maridos de ña Joaquina? ¡Qué embrollo se nos hacían maridos de
Sara y ña Joaquina. Tendrían algo que ver entre sí,
Tobías el mancebo del Evangelio Apócrifo y Goyo
el sétimo marido de ña Joaquina? ¿De dónde pro-
cedía la devoción de ña Joaquina por el Arcángel
Rafael? Recuerdo que nos cogía "mal de risa"
cuando imaginábamos a Goyo vestido con una
túnica corta, las piernas desnudas y un pez plateado bajo el brazo. O al mancebo Tobías, con el
sombrero de pita y los zapatones amarillos de
Goyo, que chillaban al caminar su dueño. Pero lo
trágico para Ana María y para mí, era cuando nos
cogía tarde en casa de ña Joaquina y creíamos ver
asomar entre las sombras del camino, los ojos de
brasa y los cuernos y el rabo de fuego del demonio
Asmodeo que tal vez andaba rondando a Goyo y a
ña Joaquina.

Cada mañana, al despertar, pienso que tengo mi violín, que vivo al lado de Ana María y que Miguel vendrá a verme y a darme la lección. El dice que estoy muy adelantado. Ya puedo interpretar composiciones de música célebre y debo de hacerlo bien, porque cuando Miguel me escucha sonríe con una sonrisa que él saca a relucir solamente cuando algo le agrada mucho. Tiene una gran veneración por un compositor llamado Haydn. Me cuenta Miguel que vivió en un país vecino del suyo, en donde la gente es apasionada por la música. Allí los labradores cantan al guiar el arado y las niñas al llenar los cántaros en la fuente. Haydn era hijo de un constructor de carros, tocador de arpa al oído y de una mujer que era una buena cantora. Por la noche, formaban coros, rodeados de sus hijos. Sentado en un banco, en un rincón de la humilde casa, el chiquillo escuchaba esta música y unía al coro su vocecita infantil. El violín del maestro de escuela, le sugirió la idea de construirse uno, y con los desechos de las maderas de su padre se fabricó el instrumento semejante, y en las veladas acompañó a sus padres imitando los movimientos del maestro de escuela. Después pasó muchas dificultades, pero cuenta Miguel que llegó un día en que los reyes lo llamaron a su lado. En esa época era una gran cosa que los reyes lo llamaran a uno a distraer los ocios de los señores de la Corte. Miguel pasa largos ratos tocando música de Haydn. En el cuartito de las golondrinas, dentro de un marco primorosamente trabajado por su cuchilla, tenía el retrato del músico croata.

Entre las corcheas, fusas y semifusas escritas en las páginas que estudio diariamente olvido mi tristeza. Son para mí como la cruz de Ana María, pues nadie diría al ver su apariencia insignificante que encierran una maravilla. El arco de mi violín las abre, aplico el oído y percibo el sonido allí encerrado. Son notas que me deslumbran los oídos . . . Sé que son hermosas, pero no puedo precisar su forma. No sé por qué éstas me son más queridas. Las hay que se unen en forma de un camino que se pierde en el horizonte. ¿Adónde llevará? Encuentro trozos que me ofrecen el mismo misterioso encanto que había tras la tapia de una calle solitaria por la cual solía llevarme Miguel en las tardes: era un muro elevado de piedra cubierto de musgo, adornado en el interior por rosales trepadores. Sobre asomaban su follaje armonioso unos pinos y macizos de caña de bambú. Al pasar, llegaban aromas de rosas, de reinas de la noche y rumores que invitaban a soñar y a desear lo nunca sentido. Jamás he podido dar forma a las fantasías que se me ocurrían frente a esta tapia, tras la cual mi imaginación ponía lo misterioso, lo desconocido, lo inefable.

Mis hermanitas vienen a verme dos veces al mes. Tintín cuenta ahora sus pensamientos sin ponerles música: su risa tampoco suena lo mismo que antes. La matica de alegría de que hablara mama Canducha, se ha marchitado y sus racimos de carcajadas son menos granados y han perdido su encendido color.

Merceditas está muy enferma. Tiene el color pálido y al acariciar sus manos las encuentro frías; no se tibian por más que yo las beso y las estrecho. Gracia dice que se alimenta como un pájaro. Cuando viene, nadie la separa de mi lado. Apoya su cabeza en mi hombro y así permanece hasta que Gracia da la señal de partida. Les he contado de mi amistad con Ana María y que yo la quiero mucho. A la siguiente visita, Merceditas le ha traído su muñeca Luna con su cama y su gran caja de vestidos.

Ahora voy a la escuela. Antes no iba porque en casa mamá y Gracia me enseñaban letras y números. Ana María es la que me lleva a la escuela que no queda lejos de la casa, y estoy contento porque allí todos me tratan con cariño. Mi maestra es joven, bajita y gorda y todos la queremos mucho. Al reír enseña unos dientes muy blancos y sus manos están llenas de hoyuelos. El día en que comenzaron las lecciones no había uno que no deseara irse con ella. Cuando se enoja, frunce el ceño y los labios, pero luego se pone a reír y todos armamos una gran algazara. He visto a mis compañeros llevarle flores; ella se las coloca en el pecho, en la cabeza y en el cinturón. Yo también quisiera llevarle flores y se lo cuento a Ana María. Ya sabemos que en las magníficas rosas de la tía Concha no hay que pensar.

Ana María se ha puesto a hacerme un ramillete con flores de santalucía, helechos y delicadas espigas de zacate cogidas de los paredones y de las orillas del camino. Lo amarró con una cintita que cogió a las escondidas, del costurero de mi tía. Me lo entrega diciendo: — ¿Verdá que no está feo? Es para tu maestra, Sergio. ¡Qué perfume tienen las flores de santalucía!

Encontré que era un lindo ramillete: las florecillas color violeta conservaban entre los estambres gotitas de sereno y despedían un aroma delicado. Se lo di emocionado a mi maestra quien lo tomó y lo colocó gentilmente en su pecho. Luego me acarició la cabeza y me dijo: — ¡Qué lindo su ramito, Sergio! Es el más bonito de cuantos me han traído este año.

Ya sé dónde queda el Perú. Lo pregunté a la maestra y ella trajo el globo terrestre y me mostró la situación de Costa Rica y la del Perú. Me explicó que cada milímetro en el globo representa en la realidad, cientos de kilómetros. Para llegar allí hay que embarcarse y navegar unos cuantos días. Ah cuán lejos de mí está entonces mamá . . .

Como en el globo estuviera el Perú representado por un parchón rosado, durante mucho tiempo, al pensar en mamá, la he imaginado paseándose por un campo color rosa.

Hace diez meses que salimos de casa. Las vacaciones han llegado y he dicho adiós a mi maestra y a mis compañeros. Al sacarme Ana María de la escuela, yo tenía un nudo en la garganta. En la ventana de mi sala de clases estaban la maestra y mis amigos diciéndome adiós con la mano.

He aquí las cartas que me han escrito mis hermanitas:

"Sergio, hermanito querido, ya estamos en vacaciones y todas las compañeras se han marchado, pero como nosotras no tenemos adónde ir, papá ha conseguido que nos quedemos en el Colegio. Hace poco llegó una monja francesa, madre Estefana; es buena con nosotras y quiere mucho a Merceditas. ¡Vieras qué linda y joven es! Yo le agradezco que sea cariñosa con Merceditas porque esto pone contenta a nuestra hermana. Me da mucha pena Merceditas; siempre tan callada y tan pálida; le gusta sentarse en el jardín, en los regueritos de sol y así se está horas con la cabeza inclinada como un pajarillo enfermo. ¡Ay, Sergio! ¿Por qué se fue mamá? Hay unas monjas que se quedan viéndonos, nos dan palmaditas y dicen: "¡Pobrecitas . . . !" A mí eso no me gusta.

Esta mañana nos estuvimos en la azotea, desde donde se divisa todo San José. Pasaron volando unas palomas, tal vez eran las tuyas. Vimos también las torres de la iglesia de San Francisco y pensamos que allí cerquita vivís. ¿Has de creer que ya las queremos pues nos

100

parece que tienen algo tuyo? Cada mañana vamos a subir a la azotea a verlas: no lo olvidés y vos también para que allí se junten nuestras miradas. Y adiviná lo que vimos La palmera alta del jardín de nuestra casa. La movía el viento e inclinaba hacia nosotros su cabeza como llamándonos. ¿Quién vivirá ahora allí? ¿Quién será ahora el dueño de los conejitos y de las palomas? ¿Qué rumbo habrá cogido tu gatita Pascuala? No le perdono a la tía Concha que no te permitiera llevártela. Seguro lo hizo por temor de que se comiera los pájaros del tío José . . . Yo pienso que es mejor comerse los pájaros que dejarlos ciegos.

Una de estas noches soñé que estábamos jugando de comidita en la glorieta de flor de verano y que mamá estaba en el corredor.

Ahora podremos ir a verte más a menudo.

Te mando muchos besos.

                                Tintín

"Hermanito de mi alma: Yo no te escribo tanto como Gracia, porque tengo mucho frío. Vos sabés que no sé escribir lo que siento, pero también sabés que no hay un minuto que no piense en vos. No te cuento lo de la madre Estefanía ni lo de la azotea porque Gracia se me adelantó. Vieras qué silencio hay ahora en el colegio. Es como después que llueve un gran aguacero y escampa, cuando todo se queda callado. Me dio mucha tristeza ver irse a mis compañeras, a vacaciones. ¡Qué alegres iban! La calle estaba llena de sus risas. Pero como nosotras no tenemos casa nos quedamos en el colegio. Si ves a mama Canducha le decís que le mando muchos besos. También a Miguel.

Pronto iremos a estarnos un buen rato con vos y con Ana María. Yo siempre estoy con vos, hermanito.

Merceditas".

Pero el domingo transcurrió y mis hermanitas no llegaron. El lunes supliqué a Miguel que fuera a informarse de ellas al colegio y Miguel vino con la noticia de que Merceditas estaba enferma con fiebre muy alta. Desde ese momento en el interior de mi cabeza zumbó un pensamiento que sonaba como un abejorro negro al revolotear dentro de una pieza.

Tres días después llaman a la puerta. Los toques son precipitados . . . Alguien sale y una voz desconocida dice: —Avisan del colegio que la niñita Mèrcedes Esquivel, acaba de morir.

. . . .

Gracia y yo estamos abrazados en el rincón de una blanca capilla. A nuestro lado están Miguel y mama Canducha; por allí anda también la tía

Concha. Por las grandes ventanas penetra una luz
azulada. En el centro, entre muchas flores, reposa
Merceditas. Una voz femenina canta y el órgano la
acompaña.

. . . .

Estoy otra vez en mi cuarto que encuentro
más vasto y frío que antes. Sobre la cómoda, la
lamparilla de aceite con su luz mortecina e inquieta
y en torno mío, las sombras de los grandes muebles
me acompañan con su pavoroso silencio.

El dolor ha escarbado en mi ser y ha llegado
hasta la entraña de la amargura. Ahora sí que ya
nunca faltará una lágrima en mis ojos, porque la
herida llegó hasta donde está la fuente inagotable
del llanto.

Por primera vez la idea de la muerte penetró
en mí, frente al cadáver de mi hermanita. La tranquila indiferencia de su rostro, me colmó de desesperación. Mi corazón, sediento de ternura vio perderse entre la tierra su voz cariñosa, sus manos
tibias. Me parece que voy a comprender de un
momento a otro la sensación producida por las
notas del pentagrama cuyo misterio no puedo son-
dear. Lo que esta nota que llaman muerte, encierra,
anonada mi espíritu. En mí lo desconocido: pero
tras este muro no florecen rosas ni hay pinos melo-
diosos. Del otro lado está Merceditas, no la Merceditas inmóvil de la capilla sino la mucha-
chilla que se apoyaba en mi hombro y prestaba a
mis piernas su dulce calor. La llamo e imagino que
sus manecitas se tienden hacia mí . . . Recuerdo

cuando yo le decía: —"Mamita, busca un cabito de caña para el carbunclo . . . " Y Merceditas iba y me traía el cabito de caña con sus pequeñas manos calurosas. Me pongo a murmurar con ternura: "Mamita . . . mamita".

Pero en esta noche de infinita desolación, a la hora en que el silencio se escucha más, mi cuello siente el cariño de los bracitos de Ana y mis sollozos no han volado solos por el helado ambiente de mi cuarto.

. . . .

Lo que Sergio no supo nunca, fue que sus hermanas vivieron en aquel recinto, rodeadas de un piadoso frío. Tras ellas llegó la murmuración y monjitas y estudiantas andaban comentando que la madre de aquellas dos niñas había abandonado esposo e hijos por irse con un hombre. Las inocentes colegialas rumiaban con fruición en los rincones aquel acontecimiento, mientras escudriñaban con mirada curiosa a Gracia y a Merceditas: algunas hasta les hicieron preguntas recargadas de malicia (los padres de estas muchachas de hogares honorables, se habrían asustado de los conocimientos de sus hijas sobre el sexto mandamiento). Por su lado, las buenas religiosas, hacían la señal de la cruz sobre su frente sin mácula, cada vez que el pensamiento de la madre de las dos niñas, venía a sacudir sobre su cabeza sus alas pecadoras.

Las patitas descalzas de Ana María fueron las compañeras inseparables de las ruedas de mi silla.

A pesar de haber vivido la niña sus primeros años en un hospicio de huérfanos en donde generalmente la caridad más que una madre amorosa como la quería San Vicente de Paul, era maestra que enseña a los niños el camino de la humillación, Ana María era una criatura sin complejos de inferioridad, ¡quién sabe qué prodigios realizó su voluntad para defenderse! Lo cierto es que ni la caridad del hospicio ni los aires protectores de doña Concha lograron acabar con la fuerza interna de la chiquilla. El caso es que Ana María se metía por todas partes como Pedro por su casa y conseguía —sin proponérselo— que la tomaran en cuenta.

Durante los años que de niño pasara yo en la casona de San Francisco, en los primeros días de cada verano. Ana María no dejaba quieta mi silla de ruedas, a pesar de los sermones y castigos de la tía. Cuando comenzaban a pasar las carretas llenas de café maduro, rumbo al beneficio de Tournon —casa francesa establecida desde hacía mucho tiempo en Costa Rica— Ana María se ponía en funcia; llevaba a su amigo a los cafetales de los alrededores a ver cómo las cogedoras iban llegando con sus canastos llenos de fruta a vaciarlos en las carretas; o bien se dirigían a los patios del beneficio que se extendía al norte de la ciudad, del otro lado del Río Torres. La niña era amiga de los peones, de Tomás Quesada y hasta de musiu Amon, un francés de cara adusta y grandes bigotes, ante cuya presencia todo el mundo temblaba.

La esposa de musiu Amon era una dama muy

linda, costarricense, que habitaba en la casa grande de la eminencia, la cual dominaba los patios del beneficio, una casa muy hermosa rodeada de jardines, con unos muebles severos, grandes cortinajes y espesas alfombras. Ana María me llevó a curiosear y a meter la nariz en salones y cocina. Creíamos que así eran los castillos de los reyes de mis libros de cuentos. Tratábamos siempre de encontrarnos con la linda dama en el camino que bordea los patios en donde se secaba el café. Vestía ella unos trajes de seda y encaje de colores claros, cuya larga falda levantaba con coquetería con su mano enguantada. Se protegía del sol con una sombrilla adornada con vuelos de tul, y usaba unos sombreros con plumas que agitaba el viento. Se cubría el rostro con un fino velo, a través del cual veíamos brillar sus ojos y sus labios. Solía acompañarla un niño muy guapo con traje de marinero y rizos rubios que le caían sobre los hombros. Era su hijo y se llamaba Eloy. Ana María decía que tal vez era un príncipe.

A veces Ana María jugaba de que ella era la linda dama, esposa de musiu Amon y de que Sergio era musiu Amon. Con pelo de maíz le armaba los bigotazos. La chiquilla se ponía una falda de Chepa la lavandera o de Engracia la cocinera, unos botines viejos de la tía Concha; con un pedazo viejo de tela brillante se hacía un sombrero que adornaba con flor de caña para imitar las plumas de avestruz: se cubría la cara con un pedazo de cortina de encaje que era el velillo del sombrero; unos calcetines

106

inservibles del tío José eran los guantes y una gran hoja de higuerilla, el parasol. Al caminar se arremangaba la falda con gesto melindroso, movía la cabeza de adelante para atrás con el fin de que se le agitaran las plumas del sombrero, como se le agitaban a la linda dama, y dando saltitos como un pájaro se acercaba a mí, que en ese instante dejaba de ser musiu Amon, me acariciaba la mejilla con su mano enguantada y con aire protector me decía: "¿Cómo está mi hijito? "

Pero la persona que más admiraban los niños era a Rafael Vargas, un hermoso campesino que hacía pensar en un gran caballero, no obstante que iba descalzo y en camisa. Nosotros imaginábamos que era un rey que andaba disfrazado y que había venido a pasearse por los dominios de la casa Tournon. Usaba Rafael Vargas un sombrero de pita muy fino, camisa de suave franela, pañuelo de seda al cuello y una banda roja en la cintura, de hilos de seda trenzados. Era un hombrazo de unos dos metros de altura, amplio pecho y espaldas poderosas: cabello rubio, ojos azules de mirada dulce y unos grandes bigotes rubios. ¿Por qué iba descalzo? Tal vez para sentir mejor la tierra de donde había salido y a la que tendría que volver. Cuando Ana y yo lo mirábamos caminar con aquellos sus grandes pies descalzos limpios y fuertes, pensábamos que no había otro hombre como Rafael Vargas que pisara el suelo con tanta seguridad. Parecía que iba adueñándose de la tierra con sus plantas recias. Cuando pasaba a nuestro lado nos hacía cariños con sus manazas y sentíamos que sus dedos se le volvían de seda para tocarnos la cabeza. Nos esponjábamos de gusto y era como si nos cobijara la sombra grata y amplia del gran mango del potrero.

Recorríamos los patios del beneficio sin que nadie nos molestara. Peones y patrones nos contemplaban con ternura y simpatía, a mí quizás por verme en una silla de ruedas y a Ana María por su cara maliciosa, su naricilla respingada y sus graciosos camanances. Ibamos a ver lavar el café en los grandes chancadores y comentábamos el hecho de que fuera el café de la roja baya lo que ponía tan hedionda el agua del río. Veíamos cómo se iban poniendo negras las rojas frutas maduras y al grano despojarse de la cáscara para quedar envueltos en la membrana tostada que reberberaba en los patios como si fuera de oro. Veíamos el ir y venir atareado de los peones que parecían hormigas afanadas, revolcaban los montones de café con sus palas y luego los cobijaban con los enormes manteados; más tarde llevaban el grano a las máquinas a que le quitaran la última envoltura y lo clasificaran. ¡Nosotros sí que conocíamos bien el beneficio del café!

Siempre estuvo presente en el mundo de sonidos que poblaban mi imaginación, el canto de la gran rueda que en los veranos se echaba a dar vueltas del otro lado del Torres y sonaba como si miles de personas hablaran, charlaran, rieran y cantaran. Yo sabía que la canción monótona de la

108

rueda del beneficio era familiar a los oídos de todos los vecinos.

En la ribera izquierda del Torres se levantaba el edificio de madera en donde se escogía el café y se alistaba para la exportación. Las escogedoras, casi todas campesinas de Tibás, eran muy amables con nosotros. Los peones subían mi silla al segundo piso y Ana María paseaba a su amigo por los grandes salones con sus hileras de bancas y mesas. Nunca he olvidado los murmullos y sonidos que producía todo aquel trajín: los golpecitos de las manos de las trabajadoras en la mesas, al escoger el café; el del chorro del grano escogido que se escurría hasta los cajones que eran la medida que debía llenar; el de los cajones al ser vaciados en la gran tolva; el de las correas, poleas y ruedas de las máquinas; el de la charla y risas de las mujeres y entre todo aquel ruido, la canción que entonaba la voz fresca de alguna muchacha; así debía sonar el canto de un pájaro entre el tupido follaje de un bosque cuando cae un aguacero y hace sol.

A veces Ana María se escurría conmigo hasta el pequeño parque que quedaba detrás de la "Escogida" como llamaban el edificio en donde se limpiaba el café de los granos negros. Por el parque se paseaba el pavorreal, aquel pavorreal que durante muchos años lanzó su graznido en el ambiente pacífico del barrio Amón. Nos encantaba verlo desplegar su cola que nos recordaba las irisaciones que florecían dentro del prisma de cristal de Ana María. Pero el objeto principal de Ana, era ir a robar de los pesebres de la caballeriza, cabitos de caña de los que habían sido cortados en la máquina de picar pasto. Se llenaba el delantal y salía triunfante con su pequeño hurto, a convidarme. En más de una ocasión fuimos sorprendidos por el encargado de la caballeriza, un viejecillo renco de mirada bondadosa. Se hacía el tonto o nos amenazaba con un dedo inofensivo: —Ajá, ajá, ¿robándose la caña de los caballos? Si los ve musiú Amón les da con la faja.

En las tardes me llevaba a Ana María al gran montón de cáscaras secas que habían sido quitadas de los granos de café. El montón quedaba en un bajo, y los chiquillos que allí acudían a jugar se arrojaban desde un alto paredón. Se dejaban ir como se dejan ir revoloteando los comemaíces desde el tejado a la calle. Abrían los brazos como alas y entre gritos y carcajadas caían en el montón de broza negra y amarilla. Ana María se olvidaba de mí, se embriagaba con aquellos saltos y carreras que yo contemplaba desde la inmovilidad de mi silla.

En la escogida teníamos una amiga, una muchacha que se llamaba Pastora. Ella era la que con otra compañera cerraba con una costura la boca de los sacos de gangoche llenos de café ya limpio y los dejaban listos para ser enviados al extranjero. A nosotros nos parecía que Pastora era muy linda: delgada, fina, con una cabeza pequeña muy bien formada. Tenía el cabello rizado, de color castaño con reflejos dorados y se lo peinaba en dos trenzas que arreglaba ya como una corona, ya como un atado sobre la nuca. Entre las trenzas se ponía un lacito de cinta azul o una flor roja y estos adornos le lucían mucho. Era de camisa, y Pastora decía que nunca se metería a pañolón. El pueblo consideraba en ese entonces que ponerse blusa y pañolón era como ascender un peldaño en la escala zoológica. Las camisas de Pastora eran de blanco cambray; las usaba muy engomadas y bien aplanchadas, con unas mangas cortas y bombachas y unas golas erizadas de vuelitos. El escote se lo cubría con pañuelos de seda auténtica, hilada por los gusanitos de la China o de la Provenza, unos pañuelos muy bonitos y muy alegres que hacían tornasoles como la cola del pavorreal. En el cuello usaba un cintillo negro con un pequeño relicario de oro cuya tapa abría Ana María para ver detrás del vidrio un ricito rubio. Pastora nos contó que era de un muchachito que se le había muerto. Era bella Pastora cuando pasaba contoneándose, arrastrando su larga falda de merino color café maduro con su camisa llena de vuelitos y su rebozo de seda amarillo paja con bordados blancos. Ana decía que le daba la impresión de una mariposa.

Pastora vivía sola en una casita en San Francisco. Era una casita encalada de rosado con una ventana; detrás de la vidriera veía una cortina de gasa blanca, inmaculada, recogida con lazos de cinta rosada. Un día me llevó Ana María a que curioseáramos al través de los vidrios, y vimos una

cama cubierta por una colcha azul y sobre el table-
ro de una mesa redonda, un florero lleno de
guarias, todo muy limpio.

En una ocasión oímos decir en la pulpería,
que Pastora era "la querida" de fulano. Lo dijeron
en tono vulgar que percibió nuestra sensibilidad de
niños.

—¿Qué es eso, Sergio? ¿Por qué dicen que
Pastora es la querida de . . . ? —me preguntó Ana.

—No sé —me apresuré a contestar. Yo había
oído a la tía Concha con el cuento de que "Cinta
era la querida de Rafael Valencia . . . "

Al correr de los años, cuando yo me he hecho
grande, me ha gustado rumiar el recuerdo de los
tiempos en que veía a Pastora y a su compañera
cerrando con una costura los sacos de yute, que un
peón llenaba de grano limpio en la boca de la gran
tolva. Volví a sentir el olor peculiar de los sacos de
yute y el del café pergamino. Allí cerca, un peón
marcaba los sacos vacíos, con unas letras negras:
"H. TOURNON Y CIA. BURDEOS". Cosían
afanosas las mujeres, sentadas en los sacos repletos
de grano tibio, con un gran agujón enhebrado de
cáñamo; en la mano llevaban un cuero que se
ajustaban con una faja, el cual tenía un redondel de
metal con el que empujaban la aguja. Levantaban
muy alto el brazo, y al verlas de lejos parecía que
estaban diciendo adiós. Cargaban luego los peones
los sacos en las carretas pintadas de colores vivos,
tiradas por yuntas de bueyes gordos y bien cui-
dados. Las largas filas de carretas iban con su carga

de café, dando trancos, camino de la estación del Atlántico. —Ese café va para Francia, mi Patria, —nos había explicado don Pablo, un francés muy bondadoso que a veces nos daba "cincos".

En mi fantasía, el canto de la rueda del beneficio y el ruido de las carretas se confundían con la luz y los vientos del verano, con la imagen de Pastora con su cabeza fina y su blanca camisa de gola, con la de Tomás Quesada de pie sobre un gran montón de café de primera.

Pastora nos quería mucho y cada vez que llegábamos a la Escogida, nos regalaba con cajetas de coco o melocotones. Nos hacía cariño con ojos llenos de ternura y decía a Ana: "Si mi muchachito viviera tendría tu misma edad". Una vez fuimos a casa de Pastora y vimos en la pared, sobre la cabecera de la cama, una lámina a colores en un marco dorado: representaba a la Virgen jovencita, vestida de pastora, con un pequeño sombrero muy mono, adornado con una guirnalda de flores, el cayado en la mano y rodeada por un rebaño de blancas ovejas. Les explicó que era la Divina Pastora, su patrona; que las ovejas eran los pecadores y que la oveja que apoyaba su cabeza en el regazo de la Virgen era su alma, el alma de Pastora. Les contó también que había quedado huérfana desde muy chiquita y que era sola en el mundo. Al oír esto, Ana se le abrazó a las rodillas y se puso a besarla con besos ruidosos que estallaban como petardos.

Lo que nosotros no sabíamos era que Pastora estaba muy enferma. Un día no se levantó de la cama y cuando fuimos a verla, la mujer que la cuidaba, nos contó en voz baja que el doctor opinaba que estaba muy mala y que no duraría mucho. Yo le llevé una cajita primorosa que me había dado Miguel y Ana María, una gallinita que se sacara en un turno. Pastora nos sonrió cariñosamente nos acarició las mejillas con una mano flaca que a mí me produjo una dolorosa impresión y luego nos dio las gracias por los presentes con una voz muy débil que nos pareció emitida por otra persona. Lo que Pastora ignoró, fue que alguien corrió con el cuento adonde la tía Concha de la visita que habíamos hecho. La señora se enojó mucho, castigó a Ana María con el odioso chilillo y a mí me sermoneó. Nos prohibió terminantemente volver, y Ana María la oyó decir con tono airado al tío José, que los chiquillos nos habíamos ido a meter a donde aquella "mujercilla de la calle" y que la que tenía la culpa era Ana María. "Dios las crea y el diablo las junta" —había añadido a modo de moraleja.

Ana María aprovechó una ausencia de la tía Concha para sacar el chilillo que la señora guardaba en un rincón de su aposento y que estaba destinado a atormentar a la chiquilla y al perro guardián de la casa. La niña cogió el látigo y lo arrojó con saña en el excusado de hueco. En ese tiempo los inodoros eran escasos en Costa Rica. Tapándonos la nariz con los dedos para defendernos del mal olor que

114

salía del hediondo y negro agujero —la venganza brillando en los ojos de mi amiga— presenciamos el sacrificio del látigo de la tía Concha, un cuero duro y retorcido que parecía una víbora lista a saltar sobre la víctima. ¡Cuántas veces había mordido las carnes de la niña, azuzado por la implacable mano de la vieja. Cuánto aborrecíamos Ana María y yo el chilillo de la tía Concha: Ana levantó la tapa del excusado y dejó caer por la siniestra y pestilente boca —con un suspiro de satisfacción— el instrumento de suplicio. Luego me sacó de allí con aire triunfante.

Un día supimos que Pastora había muerto. Los niños oímos decir a una vecina, que no la podían enterrar en ataúd blanco porque no era "niña". Comentaron la dicha de que no hubiera muerto en pecado mortal, pues a última hora había confesado, comulgado y recibido los Santos Oleos. El cadáver fue llevado a la iglesia de San Francisco y vimos pasar el ataúd negro en hombros de unos peones del Beneficio. Doblaron las campanas, y el cortejo fúnebre se alejó por la calle polvorienta. Ana María y yo nos echamos a llorar. Sabíamos que no volveríamos a ver nunca a Pastora.

Hicieron los Nueve Días en casa de unos vecinos y la tía Concha, como se trataba de "rezos", nos permitió ir. En una gran sala sombría, de piso de tierra, de paredes ahumadas, habían levantado el altar; una mesa cubierta con un trapo negro, unas cortinas blancas, unas ramas de ciprés, un crucifijo, y una imagen de la Virgen del Carmen en el momento de sacar ánimas del Purgatorio. No faltamos ni una noche a rezar el Rosario. Después de los rezos, comadreaban las mujeres y hablaban de que dichosamente Pastora se había salvado y estaba muy gloriosa en el Cielo. Ana la imaginaba como una ovejita blanca apoyada en el regazo de la Divina Pastora. El día de los Nueve Días adornaron el altar con ramas frescas de ciprés y flores. Encendieron unas grandes candelas de cera que tenían una llama triste que hacía pensar en las Animas del Purgatorio. Rezaron desde por la mañana, interminables rosarios. Se dio de almorzar y de comer a los asistentes y éstos fueron obsequiados repetidas veces con copas de guaro mistado con sirope acompañadas de golosinas. La rezadora entonaba sus preces con voz gangosa y pedía insistentemente a Nuestro Señor, por las Animas, en especial por el alma de Pastora . . . .

"Por las Animas benditas te suplicamos Señor" —canturreaba la rezadora y los presentes le contestaban: "Que les déis el descanso eterno por tu bendita pasión". Yo me adormecía con el recuerdo de la cabeza fina de Pastora, adornadas las trenzas con un lacito azul. La veía levantando el brazo desnudo, cosiendo sacos llenos de café, con un agujón enhebrado con un hilo de fuego.

"Por el alivio y descanso del alma de Pastora . . . " —musitaba la rezadora.

Yo me despabilé cuando repartieron tazas de chocolate acompañadas de pan dulce, bizcocho y tamal asado.

Así terminaron los Nueve Días de Pastora.

¡Cuántas cosas dolorosas de la vida aprendimos Ana María y yo a propósito de Pastora. La memoria de esta mujer joven y sencilla se nos hundió limpia y grata hasta el fondo de la conciencia, perseguida por guiños y por palabras maliciosas llenas de repliegues oscuros y húmedos que se pudrieron dentro de las tinieblas de nuestra ignorancia y rodearon su memoria de una bruma al través de la cual asomaba como la luna al través de espesa neblina.

Pasan los meses, pasan los años.

Los viejos tíos tienen que hacer un viaje a Europa con el fin de que la tía Concha se cure ciertos males que la aquejan. Los médicos han dicho que es indispensable este viaje. Lo que ha costado que se decidan a gastar sus reales, es indescriptible. Sólo la amenaza de un cáncer ha podido obrar el milagro.

Sin darse cuenta, la vida afectiva de Sergio se ha arraigado en esa pequeña existencia, delicada y fuerte al mismo tiempo que se llama Ana María. Esta peloncilla descalza y festiva, que ha crecido abandonada, ha sabido dar a Sergio lo que nadie le diera a ella: cariño. Supo entrar en el reino de los sentimientos del muchacho por senderillos que tenían la magna insignificancia de aquellos trazados por las hormigas; con cuentos que dejaban maravillas en la imaginación; con objetos sin ningún valor material y preciosos para su fantasía como la

crucecilla y el prisma de cristal; con ternura ingenuas; con lágrimas derramadas en compañía y con
ramilletes de flores silvestres.

Ana María acompañará a los tíos a Europa,
porque su presencia es indispensable para su ama.
Tres días antes de partir, entra la chiquilla al cuarto
de Sergio y danza en la punta de las botitas que le
fueron compradas para emprender su viaje, mientras el pícaro rostro tiene un gesto de cómico
sufrimiento. Y al cerciorarse de que la tía Concha
no la ve, saca los piececillos de la negra prisión y
los pone a corretear libres por los encerados pisos.
Arroja lejos los relumbrantes zapatos y con
desprecio exclamaba: "— ¡Ay, Sergio! ¡Ponerme
zapatos a mí es como ponerle zapatos al viento!
¡Pobres patitas mías! —añade acariciándolos— que
tendrán que ir a Europa entre estos calabazos
negros! ". Y los pequeños dedos que han estado
estrujados parecen una fila de pichoncitos desentu-
meciéndose sobre un alero.

Ana María ha sido vestida para el viaje, con un
ridículo traje de austero color de tabaco, falda
larga que le llega casi hasta los pies, confeccionado
bajo el pésimo gusto de la tía Concha. El día de la
partida, lleva un sombrero de paja de moda antigua, adornado por las mismas manos que forjaron
el vestido, con un lazo rígido a cuyo lado se levanta
una elevada pluma de ganso teñida de rojo. En otra
ocasión el muchacho habría prorrumpido en una
carcajada al ver a su amiga perjeñada de aquella
guisa, y, seguramente ella le habría hecho coro,

pero entonces lo que hacen es abrazarse, y Sergio se echó a llorar, al ver sobre los rosales alejarse —agitándose al impulso de los sollozos que desgarran el pecho de su dueña— la elevada pluma de ganso.

En la noche, ya solo, con la cabeza en la almohada, piensa en Ana María, no como la viera al partir, sino en la peloncilla descalza, con su sempiterno traje azul, que iba a hacerle compañía en el vasto aposento enladrillado, poblado por sombras enormes. Entre tanta frialdad palpitaba el cariño de esta chiquilla, como una llamita a cuyo calor se acogiera tantas veces su espíritu aterido.

Juan Pablo se había divorciado de Cinta y se casó con su otra mujer con la que había vivido en la finca. Gracia se vio obligada a habitar en este nuevo hogar —"¡y supiera Judas! —como decía mama Canducha— las crujidas que pasaría la pobre, pues a sus oídos llegó el cuento de que la segunda esposa no tenía muy buen genio. Juan Pablo propuso a Sergio que se viniera con ellos, a lo que el muchacho contestó muy resuelto, que si se le llevaba allí, encontraría el medio de matarse. Prefería quedarse en la calle pidiendo limosna. La hermana Concha no daba señales de regresar. Su peregrinación por Europa en busca de salud quién sabe cuándo terminaría.

Juan Pablo encontró en la respuesta de su hijo un tono de doliente energía, que impresionó su alma de comerciante. Entonces resolvió llevarlo a

Cartago, al colegio de los Salesianos.

CARTA DE ANA MARIA A SERGIO

"Al regresar de Londres, he encontrado tu carta. Al abrirla, y ver que era tuya, me temblaban las manos de contento. A mí solo vos me has escrito en la vida.

Hemos estado dos meses en Londres porque a la niña Concha le recomendaron un especialista inglés, pero ella, que quiere verse curada de la noche a la mañana, no ha tenido paciencia de esperar y hemos regresado a París en donde dice que le va mejor. Además, quiere ir a cumplirle una promesa a la Virgen de Lourdes.

Vieras qué feo es Londres. Yo no lo cambio por San José aún cuando allá no hay casas tan altas ni tan bonitas ni tanto ruido de trenes y de carros. Es como estar en la cocina humienta de Panchita, aquella viejita que vivía en el bajo de la cuesta de San Francisco. Vieras cómo he echado de menos nuestro cielo que parece que diario lo está azuleando Tatica Dios. Y allá en Costa Rica no tiene uno más que asomarse a la puerta para ver en el fondo de la calle las montañas, tan verdes y tan risueñas. Y aquí no se pone el sol como allá, con aquel lujo de celajes. ¡Ni de noche hay tantas estrellas ni tan lindas! Con dificultad se ve de cuando en cuando el cielo entre tanto humarasco. Eso sí, hay unos jardines muy lindos. El otro día fui a pasear por los jardines de Kensington. Allí la estatua de Peter Pan —el niño que no quiso crecer ni hacerse hombre— ¿te acordás de ese cuento? Es un chiquillo casi desnudo, la cosa más linda, paradito en un tronco de árbol pero de mentiras porque es de metal. El tronco está lleno de ratones y conejos y ramas.

¡Vieras cómo me ha mortificado lo que me contás de los trabajos que has pasado! ¡De veras que la vida hace unos disparates, Sergio! No sería más al derecho que mama Canducha o yo estuviéramos con vos, cuidándote, que fuera yo quien llevara tu silla con tanto cariño que no echarías de ver que en los caminos hay muchas piedras.

De mi vida te contaré lo siguiente: Ya hace tres años que ando de Ceca en Meca por esta Europa, pero se puede decir que apenas he visto la punta de la nariz de los países por donde he pasado. La niña Concha con su enfermedad no tiene gusto para nada ni lo deja tener a los demás, y mi obligación es no separarme de su lado. Hace tres años que no pruebo el aire libre: Diariamente me paso encerrada en barcos, trenes, coches, consultorios de médicos y hospitales. Los ojos se me van tras las maravillas que percibo, pero los pobres tienen que quedarse con su dueña. ¿Pero no te parece mal hecho que me queje?

Pobrecita la niña Concha, que no tiene sino a mí que la pastoree. Ya sabés que el pasmado del tío José tiene gracia para cuidar yigüiros.

Y ahora te voy a confesar una mentira: la enfermera que me ayuda a velar por tu tía se ha hecho mi amiga y siempre me está hablando de sus dos hermanos que son marinos, y siempre los está poniendo por las nubes. Apenas le escriben corre a enseñarme las cartas, que son muy cariñosas. ¡Y a mí me ha dado una envidia! No he querido quedarme atrás y le he contado que tengo un hermano que se llama Sergio, que me quiere mucho. ¿Verdad que nada tiene esta mentirilla? Vos sos el único cariño que siento junto a mí y mi pensamiento se apoya en este recuerdo como en el de un hermano: Vieras cómo le hablo de mi hermano Sergio a Mademoiselle Ternisien. Afortunadamente, la tía Concha no entiende ni jota, porque has de saber, hermano mío, que ya puedo chapucear el francés. Como hace más de dos años que estamos en Francia, correteo sobre el francés que es un gusto y lo pongo hecho un ¡ay! de mí. Por dicha a tus tíos no les entra.

De noche, así que estoy acostada y la niña Concha duerme, cierro los ojos y me voy para la casa de San Francisco. Te veo tras la ventana enrejada, la calle con su palo de jícara en lo alto de la cuesta, la ladrillera, la iglesita, los naranjos a la entrada de la casa; paseo por los pisos lustrosos que tanto me han hecho sudar, oigo los pájaros de tío José . . .

Anoche recordaba riendo y con ganillas de llorar, cuando jugábamos de que el rancho de Panchita era la "casita de las torrejas". Te acordás de lo asustada que nos miraba la viejecita cuando me veía salir del cafetal, corriendo con tu silla. ¡Pobre Panchita! Lo menos que suponía era que para nosotros era la bruja que comía chiquitos.

Tengo muchas ganas de verte, mi querido hermano. Pienso en todo el mar y en toda la tierra que hay entre los dos. Te abraza tu hermana,

Ana María Esquivel.

Mi querido hermano:

La niña Concha dice que yo no tengo apellido, que no se sabe quiénes fueron mis padres, pero como soy hermana tuya, entonces soy Ana María Esquivel.

DEL DIARIO DE SERGIO

29 de marzo de 19 . . .

Hoy cumplo años. Antes, el día de mi cumpleaños —pero esto, cuán lejos está ya— mamá lo celebraba con una fiesta en la que se repartían unas melcochas de azúcar que parecían de plata. Eran primores que hacían mamita y Candelaria en forma de flores, de cestitos, y que servían a los convidados en hojas de limón o de naranjo.

Hoy la fiesta ha sido algo muy diferente: esta mañana me llevó Miguel a la estación del Atlántico en donde me aguardaba mi padre para trasladarme a Cartago, al colegio de los Salesianos.

¡Cuánto me ha conmovido el ver a este viejo, empujando mi silla, calle de la estación arriba, para coger el tren! Marchaba sin hablar, pero yo lo sabía emocionado. Mientras oía el ruido de sus zapatones claveteados y el que producían las ruedas de mi silla, he meditado en lo que habría sido de mi vida sin este hombre que vino de un país desconocido, del otro lado del mar, a mostrarme a mí, que tengo los pies muertos, el camino que lleva al mundo maravilloso de los sonidos. Mi existencia no es un desierto, porque él me enseñó a escuchar. Su presencia la pobló de ríos, de bosques, de ciudades.

¿Cuál de los transeúntes que hemos encontrado, puede imaginar que en este viejo mal vestido, con la cabeza cubierta por el casco sucio y verdoso —milagro de duración— hay encerrado un gran músico? El humilde afilador de cuchillos, el fabricante de juguetes que hacen las delicias de los niños, no es un virtuoso, pero quizá su imperfección valga más: ama a la música sencillamente, sin pedanterías, sin hacer de ella un medio de

124

alcanzar gloria y dinero. Al escuchar sus pensamientos y sentimientos, expresados con sonidos,
me digo que tal vez sea uno de aquellos misteriosos
y divinos de las leyendas, que bajaban a la tierra
disfrazados de mendigos.

He vuelto la cabeza hacia él y le hablo con
palabra temblorosa: " ¡Miguel . . . ! "

Se detiene y me mira con sus ojos azules,
infantiles: — ¿Qué quieres? —me responde.

Sin poder contenerme, sin fijarme en que
estoy en la calle ni en los ojos curiosos que nos
contemplan, lo he abrazado.

El me dice: "—Muchacho, muchacho! " Pero
se ve que está emocionado.

Luego hemos continuado nuestro camino.

Mientras el tren rodaba a través de potreros
secos y cafetales empolvados, yo pensaba que
dentro de mi baúl venía mi violín, y al pensar en él
mi espíritu se reconfortaba. Sabía que no podría
dedicarle todos los instantes de mi vida, porque
sería preciso estudiar las curiosidades y exactitud
de los números, las aventuras guerreras de Césares y
Napoleones. ¿Qué me importaba a mí todo eso?
¿Qué iban a imaginar mis maestros que mientras
llenaban el pizarrón de números o daban listas de
batallas y de fechas, yo exploraba el país de los
sonidos? ¡Cuán maravilloso era todo en él! Mis
ojos, mi sensibilidad, mi paladar, mi olfato, se iban
a los oídos; percibía la forma de estos sonidos, su
color; tenían sabor y olor: eran frescos como el
agua, ásperos, sedosos y tibios. Allí están los

sonidos de la tormenta, de la luz, del martillo sobre el yunque, del viento suave, de la risa. Se unían y me daban diferentes sensaciones: la de un amanecer, la de la tempestad, un crepúsculo, la soledad, el silencio, un tumulto.

Mi silla ha rodado por las calles de Cartago y el chirrido de sus ruedas se me ha antojado tímido y desconfiado. Salió a recibirnos un vientecillo helado que levantó nubes de polvo en torno nuestro. Me ha gustado el aspecto de esta ciudad que se reconstruye después del terremoto de 1910, con sus calles amplias, sus casas con jardinillos y en el interior de las cuales, —hasta de las más pobres— se ve ondular el verde de los helechos. En el fondo se levantaba, limpio de brumas, el Irazú, con sus faldas cultivadas, sembradas de caseríos.

El Colegio es un edificio que todavía no está terminado. Salió a recibirnos el Director, un viejo alto, cenceño, de rostro curtido y palabra bondadosa. Mi padre se despidió de mí con sus acostumbradas palmaditas en el hombro, y al verlo atravesar la sala para irse, me parecía tan extraño que este hombre fuera mi padre. Hasta entonces nunca me había fijado bien en su figura baja, rechoncha . . . Tenía un gran aire de semejanza con su hermana Concha. Al caminar le temblaba la carne. Me dio tristeza comprender que no lo quiero.

El Director empujó la silla y me llevó al interior del edificio. Los muchachos estaban en recreo, en un patio que tenía un palomar en el centro.

El dormitorio es un salón grande, feo, con las

126

paredes sin encalar, que enseña las vigas del techo. A los lados, las hileras de lechos pobres e idénticos: al pie de cada uno hay una palangana de latón y una toalla. Por las ventanas el cielo azul, el cual se desliza el vuelo de los zopilotes. Yo suspiro y el Director me mira sonriendo con dulzura.

—¿Está usted triste? —me pregunta.

En la noche, así que todos duermen, me he incorporado en mi nuevo lecho, tan frío! y escucho la respiración de mis compañeros que duermen a mi lado! ¿Qué significo yo entre esos bultos que reposan allí cerca? En el fondo vela, ante la escultura de un santo, una luz mortecina que apenas si logra espantar la oscuridad del aposento. ¿Qué harán los que yo amo? ¿En qué punto de la tierra dormirá mi mamá? ¿Aún estará en el Perú, aquel país concebido por mi imaginación infantil como un manchón color de rosa?

Por algún agujero entra un rayo de luna que viene a tenderse en mi almohada.

Miguel no viene a ver a Sergio desde hace dos meses. El muchacho ignora que su amigo ha vuelto a embriagarse a menudo y que últimamente el pobre afilador ha sido conducido al Asilo de Locos. Si logra salir de allí, quizá cuente, que otra vez, su vida entró en "algo oscuro y confuso como una noche de muy larga duración".

En el "diario de Sergio" hay una página que relata una visita de Candelaria:

Domingo 10 de julio: "Hoy domingo, después

de la misa han venido a anunciarme una visita. Creí que se trataría de Miguel y me llevaron al salón de recibo. No era Miguel, era mama Canducha; mi viejita querida. Nadie en el mundo me ha querido como ella. Me lo han dicho, el abrazo que me dio y las lágrimas de sus ojos al caer en mis manos. Se había puesto su rebozo de seda a listas de vivos colores, oloroso a raíz de violeta, y su falda de merino verde, amplia y muy plegada. Estas prendas las conozco desde niño y creo que son mayores que yo. Las guarda en el fondo de su cofre, para las grandes ocasiones. El rebozo era de aquellos que, en el siglo pasado importaban de El Salvador, de crugiente seda y alegres colores. No se hartaba de mirarme y sonreía mientras por sus mejillas, oscuras y arrugadas, corría el llanto, que para mí era una rica veta de diamantes en un terreno inculto y escabroso. Las horas se nos fueron sin percatarnos. Reíamos, hablábamos, suspirábamos haciendo recuerdos, sin fijarnos en los grupos de visitantes en torno nuestro. Las otras visitas partieron y ella no quería irse. Cuando sonó el pito del tren, salió muy sofocada. No acabábamos de despedirnos. Después, toda la tarde he estado muy alegre. Me parecía que en los salones había más luz, que mis compañeros eran más amables y he tocado música de Mendelsson".

Lo que Sergio ignoró siempre fue que por ir a ver a su muchacho, Candelaria perdió su empleo por cuanto el ama de la casa no quiso darle permiso de salir ese domingo. Pero como ella no aguantaba ya la ausencia, le dejó la cocina sola y gastó la mayor parte de los ahorros que había hecho, en golosinas y chismes para Sergio. Este ignoró también, que cuando la viejecita llegó a la estación, ya el tren había partido, y como entonces no había servicio de automóviles, tuvo que quedarse por ahí, vagando acongojada y sin rumbo por las calles de Cartago, que muy tarde se guareció en una puerta temblando de frío y de miedo bajo su rebozo a listas alegres. Una persona compasiva al encontrarla allí como a las once de la noche, tuvo piedad y la acogió en su casa. Tampoco supo Sergio de las dificultades de la anciana para conseguir otra colocación, ni de que entre tanto tuvo casi que andar mendigando hospitalidad.

En víspera de navidad — Sacerdotes y muchachos están atareados con el portal. En el ambiente hay olor de uruca, musgo fresco y palpitar de alegría. Me dejan tranquilo en un rincón; busco entre la música que me dejó Miguel, y escojo una sonata para violín, de Bach. Me pongo a tocar y olvido que soy Sergio; nada de cuanto se mueve en torno mío me toca. Vienen a interrumpirme porque hay visitas para mí. Quizá Miguel o mama Canducha. ¡Este Miguel que me tiene olvidado desde hace tanto tiempo!

Entro al salón de visitas y veo a mi padre adelantarse con tres niños morenuchos y esmirriados, bien vestidos. Papá me abraza con un abrazo que no pasa de los hombros y señalando a los chiquillos: —"Tus hermanos, Sergio; éste es Juan Pablo, el mayor; José Joaquín o Quincho como le decimos allá y Francisco. En casa quedan cuatro. Ya los conocerás a todos". Los empuja hacia mí y habla riendo con risilla forzada.

No me nace simpatía hacia ellos que me contemplan con recelo y curiosidad. Atraigo al menor porque sus ojos me recuerdan los de Gracia.

—Vamos, ¿no piensan decir nada a su hermano? —les pregunta papá. —Te traen un regalo, Sergio. Dáselo, Juan Pablo.

El muchacho me entrega sin hablar, un envoltorio, y papá me dice que son corbatas y camisas. Les doy las gracias sin entusiasmo. Se nota en mi padre el deseo de establecer relaciones entre sus hijos, y está locuaz como nunca lo viera hasta entonces. Me cuenta que vienen de San José a donde han ido a comprar muchas cosas para celebrar la Navidad; las han enviado en carreta a Paraíso, a la finca en donde viven ahora. Lo más delicado, los regalos para la mamá, Gracia y los niños, ha preferido traerlos en persona, y son todos esos paquetes que los rodean. En la noche tendrán una cena . . . Y sonríe mirando alternativamente su prole.

Uno de sus hijos se le ha sentado en el regazo y el le acaricia la mejilla; los otros se apoyan contra él. Yo recuerdo que nosotros nunca osábamos acercárnosle.

Pido al menor que dé a Gracia un beso en mi nombre.

Se despiden y yo no he podido oír la voz de mis hermanos. Los miro partir, sin pena, vuelvo a mi violín y mi padre y ellos quedan olvidados entre la música de Bach.

Días de año nuevo. — Mis compañeros juegan en el patio y sus gritos se confunden con el murmullo del viento. Cae una garúa finísima irisada por los rayos del sol. Estoy alegre sin saber por qué.

Vienen a decirme que una señora desea verse y me llevan a la sala de visitas.

La luz del exterior me ha deslumbrado y entro en la pieza sin distinguir bien en torno mío. Antes de darme cuenta de ello, una nube de tules y de perfume me envuelve; hay besos apasionados en mi rostro y una voz sollozante, una voz amada que yo conozco, exclama: " ¡Sergio, mi hijito! ". Por un momento pierdo la noción de las cosas... Se borra la luz en las ventanas... Al volver en mí tengo apoyada la cabeza en el pecho de mamá. Cojo sus manos y las beso con el corazón puesto en los labios que tropiezan con la cabritilla de los guantes. La atraigo hacia mí y cubro de besos su cara. No puedo hablar, es como si fuera a morir....

Sí, no es ilusión, es mamá, siempre tan linda con su cara de chiquilla morena y sonrosada. Bajo su sombrero asoman los rizos negros, inquietos y brillantes. Hace muchos años que esa cabeza infantil estuvo acostada en mi almohada, al lado de la mía. Viste un lindo traje de seda gris y un gracioso sombrero de paja adornado con una gran rosa encarnada.

Detrás de mí suena un gorjeo. Mamá se aparta y la veo, acercarse luego con dos niños de la mano de los cuales no me había dado cuenta en el primer momento: una niña vestida de blanco, con un dulce rostro pálido, de grandes ojos claros, y un chacalincillo cuya carita blanca y sonrosada asomaba como una flor entre los encajes de su vestido.

—"Son tus hermanos, Sergio: ésta es María Navidad y éste es Rafaelito. Hay otro, Rodrigo, que dejé en casa porque está acatarrado. Recordé la escena de papá presentándome también a sus hijos como a un extraño . . . Juan Pablo, Quincho y Francisco . . . No sé por qué estos otros hermanos me han atraído más. Tal vez porque son hijos de mamá.

Sonreí al bebé que con pasos menudos se acercaba a mí, con la boca hecha una fiesta, tendiéndome confiado sus bracitos. En Navidad, vi resucitar de pronto la sonrisa de Merceditas. Los besé con infinita ternura. En mis labios estaba todavía mi corazón que subió a ellos al sentir a mamá cerca. La niña me miró sorprendida cuando mis lágrimas mojaron sus mejillas.

El pequeño rió y retozó en mis regazos y me llamó papá. Mamá rodó la silla por el salón y al verse correr en ella, el niño gritó encantado. Los retratos de los grandes sacerdotes, que ornaban las paredes, parecían sonreír benignamente al escuchar aquella charla de pajarito.

María Navidad no habló: se limitó a contemplarme con sus grandes ojos claros y cuando mis miradas se encontraron con las suyas, me parecía que la sonrisa de Merceditas resucitaba en sus labios.

Se lo hice notar a mamá, que me contestó: —"Y es silenciosa y buena como Merceditas". Se enjugó los ojos y se quedó grave. Luego me dijo' "He vuelto a Costa Rica porque no podía más! Ay Sergio, vivo con el pensamiento partido en dos, una mitad con ustedes, la otra con ellos". Y con el gesto señalaba a sus otros hijos.

Hacía quince días que llegara y no había hecho más que buscarnos. Logró dar con Candelaria que la puso al corriente de nuestra suerte ... ¡La muerte de Merceditas! ¡De esa muerte ella tenía la culpa! Que Dios la perdonara. A la pobre Gracia no la podría ver. Le dejaba muchos besos conmigo. Ya no vivía en el Perú sino en Colombia y me dejó una tarjeta con sus señas para que le escribiese. Solamente quince días más estaría en Cartago, pues tenía que regresar a donde estaba su marido.

¡Ay!, ¡otros hijos y otros intereses! A ratos hablaba con seriedad y tristeza; por sus ojos y su boca pasaba un soplo, y yo creía que la pena iba a apagarlos, pero enseguida la llama se reanimaba; entonces me parecía ver su alma, una alma en la cual no había el recuerdo de su hijita muerta, ni el de Gracia, ni el de Sergio que iba por la vida en una silla de ruedas. Con los ojos hubiera querido meterla dentro de mi pecho para que nada ni nadie pudiera sacármela de allí.

Mamá se levanta. Me promete volver todos los días mientras estén aquí. Siento una pena muy grande cuando me dicen adiós. Rodeo con mis brazos el cuello de mamá. Ella abre su portamonedas y quiere dejarme dinero, pero se lo impido con vehemencia; —"no, no, no me des dinero, mamá" —le suplico. Le pido su retrato y el de los niños y me ofrece traerlo cuando vuelva.

Se baja el velo del sombrero y se aleja, con su taconeo gracioso que no oigo hace tantos años; tras sí deja el susurro de su traje de seda y su perfume. Ya en la puerta, invita a los niños a que me tiren besos con la punta de los dedos. María Navidad me sonríe y mamá agita su mano enguantada en señal de despedida.

Un nudo me aprieta la garganta y siento que va a estallar mi llanto.

—Mamá, levanta el velo para verte —le pido.

Lo hace, y qué tonto soy, me maltrata mirar su rostro iluminado como siempre y no ensombrecido por la pena. ¿No habrá en su interior un dolor parecido al mío?

Mis oídos se quedan atentos a los pasos y a las voces que se alejan.

Pero Sergio no volvió a ver a Cinta, porque Juan Pablo Esquivel, al saber que ella estaba en Cartago, comprendió que había venido para ver a

134

Sergio y dio orden en el Colegio de que cuando "esa señora" llegara a preguntar por su hijo, le contestaran que no lo podía ver.

La visita de su madre hizo a Sergio sentir intensamente su abandono. Se refugió entonces en el recuerdo de los tiempos idos, y lo más grato para su corazón fue evocar todo lo relacionado con mama Canducha. ¡Estaba rodeado de una soledad tan fría! Lo más tibio, lo más suave en su vida había sido esta viejecita guanacasteca. Hacia ella tendía él su espíritu para calentarse, y entre los pliegues de la ternura que había en la sonrisa y en los gestos de la anciana, metía él su frente y sus manos ateridas. Todas eran memorias humildes y sencillas, y esto era lo que más conmovía a Sergio: Allí estaba mama Canducha, sentada en un rincón de la cocina, en el taburete de cuero, arrollando cigarrillos con el guacalito del tabaco picado, en el regazo; o bien preparando en el frasco de cristal, en los tiempos de cuaresma o de Semana Santa, aquel encurtido que olía a gloria; o, toda confusa, después de haber asegurado a los niños que la persona que se bañaba en Viernes Santo se convertía en sirena, veía entrar a Gracia con la cabeza mojada diciéndole implacable: —Idiay mamita Canducha, me bañé hoy Viernes Santo y mire, no me hice sirena.

¡Con cuánta destreza arrollaba en la boleta de papel amarillo de fumar, el tabaco picado, revuelto con una punta de hoja de higo tostada y desmenuzada. Flotaba en el ambiente el olor a tabaco curado con aguardiente, miel, clavos de olor y cáscaras de lima. En una alacena guardaba los utensilios de que se servía para dar gusto a su inocente vicio de "humar", como ella decía; el cuchillo en forma de media luna con que picaba el tabaco; el pascón para colar el tabaco picado, que consistía en una palanganita de hojalata agujereada con un clavo; la botellita de la cura y el guacalito con boletas amarillas. Sergio y Merceditas le ayudaban a desvenar las hojas de tabaco iztepeque que mama Canducha en persona compraba en la tercena de la niñas Acosta, frente al cuartel de Policía o en casa de doña Fermina Morales.

De noche, cuando Miguel narraba sus historias, mama Canducha hacía cigarros; a veces se levantaba y encendía uno, en las brasas del hogar y se ponía a fumar tan quietecita que acababa por confundirse con las sombras. De rato en rato se abría entre la oscuridad una como florecita roja; era la brasa del cigarro de mama Canducha. Cuando salía en las tardes a rezar el Rosario en la iglesia vecina, los niños la veían sacarse de detrás de la oreja "la chinguita" que siempre tenía lista, y darle unas cuantas chupadas.

¿Y el bocal de vidrio tan limpio que se confundía con el aire que lo circundaba? Para los Días Santos, Candelaria lo llenaba con el vinagre de guineo, transparente y perfumado, que ella misma preparaba con los guineos remaduros de las cepas sembradas por sus propias manos en el solar de la casa.

Dentro de él ponía vainicas tiernas, tajadas de pepino, ramitos de coliflor, pedacitos de zanahoria, de chayote, jocotitos celes en los cuales no se había cuajado la semilla, tajaditas de cebolla; y para dar más gusto al encurtido, clavos de olor, y hojas de laurel. Entre tanta mansedumbre y tierna inocencia, escurría uno que otro rojo chile picante, de los "bravos", que parecían diablillos asustando doncellas campesinas.

Ana María ha regresado y Sergio ha podido volver al caserón de San Francisco, gracias a su amiga.

En vísperas de la última operación practicada a la tía Concha, Ana María supo explotar la sensibilidad excitada de su ama, quien no hallaba qué promesa hacer ni qué santo bajar del cielo para salir bien del apurado trance. La muchacha inventó una inocente mentira que podía redundar en provecho de Sergio: había recibido en esos días una carta muy triste de éste. Entonces contó a la tía Concha, de un sueño que tuviera en el cual oyó una voz que le aconsejaba hacer la promesa a la Negrita de los Angeles de recoger en su casa a Sergio, que era un ser abandonado; en cambio la Virgen le ofrecía que la operación tendría buen éxito.

La acongojada señora convino enternecida. La operación estuvo feliz y se emprendió el regreso a la Patria después de varios años de ausencia. Ya establecidos de nuevo en San Francisco, Ana María recordó lo prometido y Sergio pudo volver a su lado.

Pero la Ana María que regresó era bien diferente a la que Sergio había visto partir.

La transformación tenía algo de hechicería. Era como si una varita mágica la hubiese tocado para embellecerla. Ya no era la peloncilla de cabello lacio; ahora era una linda muchacha con una corona magnífica de trenzas negras sobre la cabeza; los ojos de cabra, pero con una luz nueva que le iluminaba la cara; la naricilla ñata, pero con unas como líneas nuevas que ponían una gracia infinita en el rostro. Allí estaban los camanances, pero ya no eran los pocitos de picardía de antaño sino que daban a su sonrisa un encanto inefable. Sus movimientos habían dejado entre la niñez que se fue, la torpeza y la brusquedad, y se habían convertido en silenciosas y suaves líneas curvas. En lugar de las batas largas, oscuras y desmañadas que le ponía la tía Concha, graciosos vestidos de tela barata que ella misma confeccionaba, —guiada por su buen gusto y por lo que viera en su viaje.

Sobre la Ana María nueva que Sergio tenía ante sus ojos, la juventud había puesto su gracia luminosa. Era casi linda, pero Sergio echaba de menos a la chiquilla descalza, revejida, trajeada de azul, que surgía de los rincones como un duende amigo, que le ceñía el cuello con sus brazos cariñosos cuando él más necesitaba sentir cerca a alguien que lo quisiera.

Otra vez la tía Concha y el tío José, con otras

monomanías parecidas a las de las begonias y los pájaros. Otra vez los pisos encerados y el cuarto habitado durante la noche por grandes sombras que ya no daban miedo al muchacho. Allí estaba siempre el gran reloj con el tictac del enorme péndulo que no se cansaba de echar en la eternidad las gotas del tiempo que parecían volverse pesadas como de plomo dentro de la negra caja.

Ana María trataba a Sergio con la cariñosa devoción de antes. Allí estaban siempre sus manos listas a servirlo con tierna solicitud, pero el caso es que Sergio las sentía distantes.

Es que Ana María andaba enamorada. Lo conoció a bordo: era un costarricense que también regresaba a su país, después de haber estudiado en Europa. Se gustaron y se buscaron y ahora él venía todas las noches a hablar con ella a escondidas de los viejos, por las rejas de la ventana. Y la dicha de su amiga maltrató a Sergio. ¡Qué tonto era! Como no podía confiar a nadie este sentimiento extraño e inefable, lo confió a su violín y fue entonces cuando escribiera por primera vez las armonías escuchadas en su interior, su primera "romanza sin palabras": un trozo de música de esos que sólo conmueven a la gente joven y romántica y que hacen estirar los labios despectivamente a los músicos viejos de gusto depurado.

Sergio atisbaba a la enamorada muchacha y observaba que se había hecho muy silenciosa. A veces la veía mirar y sonreír fijamente a la escoba con que barría o al ladrillo que bruñía, o quedar en éxtasis ante una pared.

—¿Qué hay Ana María, qué estás viendo? —le preguntaba.

Y ella sacudía la cabeza, parpadeaba como si despertara de un sueño y respondía con las mejillas encendidas:

—Nada, criatura, ¿qué querés que vea?

En otras ocasiones observaba cómo el rostro de la muchacha andaba apagado y sin la menor señal de camanances. La llamaba, la sentaba a sus pies y le acariciaba la cabeza. Y como si esto fuera una señal, comenzaban a asomar lágrimas, temblaban un instante en las pestañas y luego se echaban a rodar mejillas abajo.

A fuerza de mimos lograba arrancarle el secreto de su pena.

—Ay Sergio, es que anoche no vino.

Cuando la pena la invadía, Sergio la sentía muy cerca de sí; lo buscaba y le relataba sus congojas; la dicha la alejaba de él e iba a saborearse en los rincones en donde se refugiaba con telas, aguja, dedal e hilo . . . Pero Sergio la sorprendía con la aguja en alto, la tela abandonada en el regazo, los ojos fijos en el espacio y sonrisas y camanances . . .

Sergio, que se volvía filósofo, sacaba conclusiones: en el ser humano hay una marcada tendencia a disfrutar solo del placer y a compartir con los demás el dolor.

De noche, desde su lecho oía el murmullo de la conversación de los enamorados, sus risas, sus besos, sus silencios. Y la visión del Amor apareció en su vida como una visión bella y luminosa cual una estrella lejana prendida del fondo de la noche. A sus ojos subieron las lágrimas más ardientes y en su corazón, la pena más embriagadora. Dentro de su ser vibraron melodías hasta entonces para él desconocidas.

Un día regresó Miguel. Hacía tiempos que Sergio no tenía noticias suyas. Ana María hizo investigaciones sobre el paradero del viejo, pero nadie daba razón del afilador.

Para la gente todos los afiladores son uno solo: "el afilador" "allí va el afilador".

¿Quién iba a echar de menos a un viejecillo de traje de panilla color castaño, poblado de remiendos, cubierta la cabeza con un casco, de barba rubia con reflejos plateados, entre la que asomaban sus ojos zarcos como florecitas azules entre el musgo seco? ¿Qué obligación tienen las personas ocupadas en enterarse de la vida de quien vuelve servibles sus instrumentos inutilizados por el uso? Por un momento saben que a la puerta de su casa un afilador saca filo a sus tijeras y cuchillos; quizá vean espigas de chispas detrás de la piedra de afilar. Sin pensar pagan monedas insignificantes por el trabajo realizado y el afilador queda echado en olvido.

Algunos niños fueron los que notaron la ausencia del viejito afilador cuya máquina tenía muchas cosas que les interesaba. Habían observado que la armazón de ésta era de madera con adornos labrados y siempre muy limpia; llevaba una multitud de cajitas de esas en que vienen conservas, encontradas seguramente en la calle a las que él puso tapas bruñidas y adornadas con sus manos y dentro de las que se hallaban, ordenados y relucientes gran cantidad de instrumentitos. El silbato estaba guardado en un estuche en el cual la cuchilla dejó en relieve un gato que se afilaba las uñas en una rueda. Todas estas cosas insignificantes para la gente, hacían la dicha de los chiquillos y de los campesinos sencillos que gustaban acercarse a la máquina y fisgonear por todo. El los dejaba hacer, les explicaba el servicio de cada cosa y a veces les regalaba juguetes hechos por sus manos.

Ahora Miguel volvía más viejo, con el cuerpo muy inclinado y entre la barba apenas si quedaba una que otra hebra rubia, pues casi todas se habían puesto blancas. A las preguntas de Sergio sobre su ausencia respondió, que había salido el día anterior del Asilo Chapuí; que enseguida había marchado a pie a Cartago a buscarlo; el señor Director le había dado hospitalidad en el Colegio y dinero para que regresara. Antes . . . él no sabía . . .

Sergio encontró en los ojos de Miguel, algo desconcertante. Era como si en su mirada hubiese polvo de aquel país misterioso de donde regresaba.

Ana María se había convertido en una criatura taciturna. No había vuelto a reír con la escoba, ni a quedarse en éxtasis ante las paredes. Hacía tiempos que Sergio no escuchaba rumor de risas y besos, porque en la ventana no había citas. La

142

muchacha había enflaquecido; de sus mejillas voló el polvillo rosado que esparce la juventud dichosa. Descuidó sus trajes, y su peinado no se levantaba triunfante sobre su cabeza sino que caía lánguido por su cuello curvado. Tampoco lloraba, y a menudo Sergio la sorprendió sentada, con las manos cruzadas sobre las rodillas, los ojos sombríos fijos en los ladrillos en otros días contemplados con sonrisas, Sergio ha adivinado la causa: es la ausencia del hombre a quien esta criatura primitiva, que había vivido casi aislada, amaba con todas las fuerzas de su cuerpo y de su espíritu.

Pobre Ana María que un día le dijera:
—¿Sabés cómo es para mí querer a Diego, Sergio? ¿Recordás aquel prisma que te di cuando era chiquilla? Pues es como si de pronto sintieras que te pusieran un prisma ante los ojos, pero no en los de la cara, sino en unos que se deben tener en el corazón . . . y todo se pone a brillar más, y uno quisiera reír hasta con las piedras. Parece como si alguien hubiera bañado la vida en ese color que tienen los campos cuando el sol está saliendo.

Un día se atrevió a preguntarle:
—Ana, ¿es que Diego está enfermo?
—No, —se le contestó con voz sombría.

Los meses transcurrieron en esa situación. Una noche, a altas horas, Sergio despierta sobresaltado. En la casa pasa algo insólito: se oyen carreras de la tía Concha y de las dos sirvientas y las toses fingidas del tío José cuando está preocupado. Llama y nadie acude a sus voces.

143

De pronto la señora entra, se deja caer en una silla y prorrumpe en sollozos. La zozobra de Sergio llega al colmo.

—Por Dios, tía Concha, ¿qué pasa?

Entre convulsiones ella contesta: — ¡Ay Sergio! He albergado en mi pecho una víbora!

—Tía Concha ¡Una víbora! ¿La ha mordido?

Sergio es ingenuo y ha tomado el decir de su tía al pie de la letra. Quisiera arrojarse del lecho e ir en auxilio de ella.

El llanto de un niño recién nacido llega a sus oídos . . . El ama de la casa solloza con más fuerza.

— ¡Dios mío! ¡Y lo que debo oír en mi propia casa! Que Dios le dé a una paciencia. ¿Hasta visto como nos paga Ana María? ¿No ves que acaba de tener un hijo?

Los gritos del recién nacido pueblan la oscuridad de la noche. Son desaforados y nada los calma: dijérase que ponen a prueba la paciencia de la tía Concha, quien al oírlos se yergue en actitud trágica: — ¡Y decir que la he paseado por Europa! ¡Has criado un cuervo Concepción que te saca ahora los ojos!

Ya más tranquilo, Sergio se burla: El cacareado paso por Europa de Ana María, eternamente prendida de las faldas de aquella vieja enferma e impertinente!

Al día siguiente, la niña Concha, envía recado muy temprano a su íntima amiga la niña Queta

Alvarado, vieja doncella altamente estimada por ella, porque pertenece a una de las familias de más campanillas en el país. Quiere pedirle un consejo luminoso en el oscuro camino en que la ha metido la conducta de Ana María. Así lo ha dicho al ver entrar a su mentor con faldas.

Toda la mañana la han pasado las dos señoras en conferencia en la sala de fúnebres muebles, y Sergio desde el corredor ha oído varias veces a su tía hablar del Hospicio de Huérfanos "de donde sacara a esta ingrata criatura para tratarla como a una hija" y "del viaje por Europa". Por fin la niña Queta Alvarado se levanta y con dignidad episcopal se dirige al cuarto de la pecadora.

Llega Miguel y aun cuando la tía Concha lo ha mirado siempre despectiva, lo acoge para narrar nuevamente la tremenda desventura. El viejo escucha en silencio; al cabo de una hora cuando ella termina el relato con los episodios del Hospicio de Huérfanos y del viaje por Europa, replica con tranquilidad: —no hay que asustarse, señora, esos arranques son muy naturales en la gente joven. Lo que hay que hacer es no despreciar a esta muchacha, ni abrumarla, sino ayudarle para que no coja un mal camino. ¿A usted no le parece muy natural que sus rosales den rosas y su vaca alazana críos? Y a ellos los bendice nada más que Dios.

La niña Concha levanta el grito al cielo: — ¡Qué ocurrencia ¡ ¿Cómo va a ser lo mismo una mata o un animal que un cristiano con uso de razón? ¡Cómo se ve que de veras a Miguel le faltan todos los tornillos!

Miguel va a buscar a Sergio y le dice: — ¡Has de creer que las mujeres jóvenes y sanas como Ana María, son lo mismo que flores para mí! En cada flor que encuentro, veo la promesa de un fruto y en cada mujer fresca y sana, la promesa de un hijo.

Sergio ha esperado todo el día que Ana María lo llame, pero esto no sucede. Ya en la tarde, cansado de aguardar, suplica a una de las sirvientas que le pregunte si puede ir a verla. Ella consiente y Engracia lo lleva. Está muy pálida. A su lado, con los puños apretados bajo la cara, duerme su hijito tan enrollado en los pañales que parece un puro.

Al ver a Sergio, Ana María llora. El pide que le coloquen al niño en los brazos y se pone a mecerlo con torpe ternura.

—¿Por qué llora, Ana María?

—Tardabas tanto en venir Sergio ... creí que tú también estarías enojado ... como ya no tengo honra! ...

—Esperaba que me llamaras. ¡Vieras cuánto deseaba conocer a tu hijito! ¡Qué bonito es, Ana María! ¡Mira cómo aprieta los puños!

La voz de Sergio resume honda ternura. La llama Anita, busca las palabras más cariñosas para hablarle. Ana María siente que puede acurrucarse dentro de este acento cálido y de la mano que le acaricia la cabeza, como un pájaro adherido dentro del calor de un nido.

Ella deja de llorar y se incorpora a medias

para contemplar a su hijo. Sergio pasa su mano por la cabeza de Ana María.

—¿Verdad que nunca lo abandonarás, Ana María?

—¡Abandonarlo! ¡Ah! ¡eso sí que no! —y aprieta al niño como para librarlo de un peligro.

Ana María hace confidencias a Sergio, en voz muy baja: Diego no volvió desde que supo que iba a ser madre. Le dolía mucho pensar que Diego fuera un hombre que le tenía miedo a la responsabilidad de sus actos. Ella no lo quiso llamar nunca. Hacía poco que él le había escrito diciéndole que no podía casarse con ella, porque sus padres eran muy orgullosos y su madre se moriría al pensar que su hijo se casara con una mujer de humilde condición. Además, estaba tan joven, que el matrimonio podía entorpecerle su carrera. Entre la carta venían unos cientos de colones que ella le devolvió sin decirle nada. Ya no quería a Diego. Era como si una mano brutal le hubiera arrancado de cuajo este cariño tan hondo que al salir de su ser le dejaba un vacío muy grande.

La niña Concha hablaba de obligar al que había deshonrado a Ana María a casarse con ella. Pero Ana María prefería que la mataran. Luego, cuando la tía Concha y la niña Queta Alvarado supieron de quién se trataba, no insistieron, porque comprendían "perfectamente" que el hijo de una familia distinguida no podía casarse con una muchacha sacada del Hospicio de Huérfanos, que no se sabía ni de quién era hija. La moral del matrimonio para estas buenas señoras, era muy clara: los ricos con los ricos y los pobres con los pobres. ¡Qué era eso de que un caballero se rebajara a casarse con una mujer de humilde condición!

Eso sí, la niña Concha y la niña Queta hablaban de "regalar" el niño a una señora casada que no tenía hijos y que deseaba recoger una criatura. Pero ni Ana María ni Sergio hicieron caso de las disparatadas y prudentes ideas de las respetables damas, que gustaban de repetir con énfasis las frases de los novelones que leían o las del último sermón que habían oído en la iglesia. Además, Sergio había observado que sus tíos no veían un milímetro bajo la piel . . . ellos sabían de begonias, de rosas que se venden a peseta cada una y de yigüirros y chorchas, pero de sentimientos! . . . si acaso habrán oído la palabra.

Para él, Ana María era la misma, o mejor dicho no, porque ahora tendría que hacer un lugar más grande entre el corazón para acomodar junto a ella a su chiquillo. ¿Por qué la niña Queta Alvarado le aconsejaba darlo? Esto sí sería para su razón quedar sin honra. Y en adelante no pensaría en Ana María, sin imaginarla con su hijo en el regazo. Ya que lo había llamado a la vida, debía ser su guía y su protección. Haría las veces del padre que se excusaba de cumplir con su obligación.

¡Cuánto hizo pensar a Sergio eso de que el nacimiento del chacalincillo de Ana María hubiese sido la causa de lloros e imprecaciones de la tía Concha, del ceño adusto en el pasmado tío José, de los cuchicheos y malicias de las criadas y del escándalo que se pintó en la boca bigotuda de la niña Queta Alvarado, quien empleaba sus ternuras en vestir el Dulce Nombre de la Iglesia del Carmen y en consentir a un perro castrado que ella con su propia mano alimentaba con sopitas y que dormía en un almohadón de raso que ella misma le bordara con gran primor.

Es alta noche. Sergio no puede dormir porque el pensamiento de Ana María, que ha sido despedida de la casa, la intranquiliza. Ha intercedido por ella con la tía Concha, pero en vano: si se deshiciera del niño, tal vez podría quedarse, pero con él, no. Sería una incomodidad y además la cara se le asaría de vergüenza. ¡Qué dirían! Que era una consentidora; y no, ella quería levantar siempre su frente alta en todas partes. Que nadie tuviera que tachar nada a Concepción de Rodríguez.

Sergio ha logrado que le den hospitalidad una semana más, mientras consigue en donde refugiarse con el niño. Además, ha enviado a Miguel a empeñarle un vestido en el monte de piedad, para poder ayudar a su amiga con algún dinero.

Miguel también desea servirla, pero no tiene nada que vender ni empeñar: ignora el paradero de su máquina de afilar, todo su haber. Piensa en el violín . . . mas, eso será lo último de que se desharán. Es verano, la época de los grandes vientos, y una hoja que mira girar Miguel en su rama, le sugiere una idea: con poco dinero compra cartón y papeles de colores y hace juguetes propios para el tiempo: molinos de viento, veletas, hélices, papalotes, barquitos y carros con velas y sale a venderlos prendidos en el extremo de una vara. Al poco rato los chiquillos corren tras él y a la hora, todos los ha vendido. Con la ganancia emprende el negocio más en grande; no ha vuelto a dormir de noche, elaborando los juguetes y en esa mañana ha llegado con 25 colones que ha entregado a Sergio para Ana María. El violín se ha salvado.

La única persona a quien ella puede volver los ojos es a una mujer sirvienta en otro tiempo de la casa, buena como un pedazo de pan blanco, quien siempre le demostrara gran afecto. Es una pobre viuda con 4 hijos, que vive sabe Dios cómo en un pequeño caserío en las faldas del Barba. Ana María le ha escrito pidiéndole hospitalidad: le promete no ser una carga sino una ayuda. La contestación ha venido y nadie ha reparado en los borrones, en las letras del tamaño de una bellota, ni en la sintaxis irreverente, sino en el generoso pensamiento que brilla entre todo eso como una perla entre una hojarasca: "Que se venga Ana María. La casa es un huevito, mas para ellos será un placer encogerse y dejarle un campo, y donde come uno, comen dos: frijoles, plátano y bebida, Dios primero no le faltará".

Y la pobre carta escrita fuera del reino de la Gramática, agujereó, como una estrella, la oscuridad de estas almas ansiosas y fue más preciosa para ellas que si les hubieran ofrecido todas las grandes obras clásicas de la tierra.

El reloj ha dado la una. Se oye un ruido, y la figura de Ana María surge de un rincón, como hace muchos años, pero ahora ella no es el duendecillo, que este viene en sus brazos.

—¿Estás loca Ana María? ¿Qué venís a hacer con tu hijo? ¿No ves que se puede resfriar? —exclama Sergio al verla.

—Venimos a decirte adiós, Sergio. No se resfriará, viene bien envuelto. Nos iremos temprano para tener tiempo de tomar el tren de ocho. Y como no me animaré a entrar delante de tus tíos, he venido ahora. Quiero salir mañana sin que me vean.

Sergio toma al niño en sus brazos y lo estrecha emocionado contra su pecho.

—¿Querría Sergio ser su padrino? Me gustaría que se llamara Sergio como vos.

—Sí, será su padrino porque nadie en el mundo lo querrá como yo. Temo traerle mala suerte. Ojalá sea un Sergio dichoso. Y sobre la cabecita —capullo de esperanza— se abrazan y lloran.

—¿Te acordás Ana María cuando recién llegado yo a esta casa, venías a media noche a consolarme? Has sido muy buena conmigo Ana . . .

—Cuida mucho a mi ahijadito que también es mi sobrino. Recordá que somos hermanos. ¡Verdad que nunca lo abandonarás! Jurame que jamás por nada ni nadie en el mundo lo abandonarás.

—¡No seas tonto Sergio! Y coge a su hijo de los brazos de él y lo estrecha anhelante contra su seno —de solo oír decir eso, me estremezco. No volvás a repetirlo, Sergio, Adiós.

—Adiós Ana María, no dejés de escribirme.

El escalofrío que produce el abandono recorre su cuerpo. Se deja caer y llora como lloran los que no esperan consuelo. Muy lejos en el tiempo, quedó la chiquilla encantadora e inocente que venía a rodearle el cuello con sus brazos y a llorar con él. Solo le escucha el péndulo que no se cansa de arrojar segundos en la boca de la eternidad.

Miguel ha venido al día siguiente muy temprano, ha acomodado a Sergio en su silla y lo ha acomodado cerca de la ventana; luego se ha ido a ayudar a Ana María. Por fin salen: Ana María arrebujada en un manto negro bajo el cual abriga a su hijo y tras ella, Miguel encorvado, con la maleta de los viajeros a la espalda. Ella se acerca a la reja, descubre al niño y le habla como si fuera comprendida: —dígale adiós a su padrino y dígale también que su madre lo enseñará a quererlo sobre todas las cosas. Al decir esto, sonríe y llora. Introduce la mano por los barrotes y Sergio la estrecha.

Cuando a las ocho oye el pito del tren que parte, tiende las manos en aquella dirección y murmura: ¡Adiós!

La vida en esta casa después de la partida de Ana María, se le hacía insoportable a Sergio. Escribió a su padre suplicándole que lo mandara al Hospicio de Incurables. Alegaba que sin Ana María, que era quien cuidaba de él, su presencia más bien constituía una verdadera carga para la tía Concha. Esta tenía de sobra con sus propias enfermedades y con el reumatismo del tío Nacho.

La tía Concha no se hizo de rogar y ella misma puso en juego la influencia de sus relaciones con damas católicas metidas en ajetreos de beneficencia, para que su sobrino fuese admitido en el Hospicio de Incurables, mediante una pensión. También consiguió que mama Canducha pudiese vivir con Sergio.

Era Domingo de Resurrección. La luz de un sol de abril caldeaba el polvo de los caminos y cabrillaba entre la yerba seca de los potreros. Por sobre los picos azules de las montañas asomaban las nubes oscuras precursoras de la estación lluviosa. Las campanas de los templos que habían muerto con Nuestro Señor el Viernes Santo, habían resucitado con El esa mañana de Pascua Florida y su música volaba sobre los campos con místico regocijo mezclada con el aroma de los tuetes en flor. Las filas de casas de los lados del camino tenían un aspecto de ingenua alegría con sus paredes encaladas de blanco, azul o rosado y con sus jardincillos en donde no faltaba la alegría de las hojas rojas de las pastoras ni el morado de los últimos ramilletes de guarias del verano. Pasaban grupos de campesinos que iban a la ciudad dejando tras sí el rumor de sus ropas engomadas y de sus pies descalzos.

En este domingo se celebraba un turno de los

que acostumbran hacer los vecinos para recolectar fondos con qué terminar el templo. Habían levantado en la pequeña plaza, chinamos dentro de los que se movía una turba de mujeres cuya charla hacía pensar en un gallinero. Se las veía trajinar con canastas llenas de tamales, platones con gallinas compuestas, y el aire brillante de la mañana estaba poblado por el humo de las fogatas, olor de guisos, voces de mujeres y gritos de chiquillos. De rato en rato la música metálica y parrandera de la filarmonía de Guadalupe, contratada para la fiesta, dominaba con su barullo los demás ruidos.

Como en anteriores ocasiones. Miguel conducía la silla a su nuevo destino. La silla emprendió el camino del Hospicio de Incurables y dejó atrás el bullicio del turno.

Sergio hacía de sus ojos y de sus oídos, una esponja que absorbía todo cuanto miraba y oía, para guardarlo dentro de sí. Nada era indiferente a ese espíritu tendido como una red fija, atento a lo que la corriente de la vida dejara entre sus mallas.

No marchaba desolado a su destino, como en aquellas otras veces en que la silla arrumbara hacia una nueva habitación. No esperaba placeres; pero al recordar que con él vivirían su violín y mama Canducha, experimentaba una sensación de bienestar. Iba preparado a habitar al lado de muchas miserias. Cuando pensaba en esto, se decía que aliviaría todas aquellas que pudiera.

El edificio de los incurables está situado en un lugar elevado y pintoresco, rodeado de jardines y

154

cafetales: en torno de sus dependencias, potreros y campos cultivados, y a lo lejos, la ciudad, cuyos tejados brillaban en aquel momento bajo un sol rojo por el humo de las quemas.

Encontró muy agradable su cuartito por el cual anduvieran ya las amantes manos de mama Canducha. Era una pieza de madera adosada a una de las alas del edificio, habitada en otro tiempo por el jardinero y cuyas paredes y techos desaparecían bajo el dosel formado por un jazmín trepador, que ponía por todas partes sus estrellitas blancas y perfumadas. Por la ventana se divisaban los prados, la hondonada por donde corre el Torres y muy distante la ciudad. Por entre un grupo de cipreses asomaban las torres de la iglesia de San Francisco y Sergio las saludó con la mano. ¡Ah! ¡No lo abandonaban! Y se prometió que cada día sus ojos les harían una visita. De un clavo pendía el violín dentro de su caja negra y de otro su estuche del atril. Allí estaba su cofre y su estante lleno de papeles de música y con unos cuantos libros. La pared estaba adornada con fotografías de su madre, de sus hermanos, de Ana María y las reproducciones de los retratos de Beethoven, de Haydn el predilecto de Miguel y de otros músicos famosos. Y en un rincón, su cama bien arreglada. Mama Canducha andaba todavía dando el último toque a cada objeto. Sergio miró en torno suyo y casi se sintió alegre.

Un día recibió esta carta de Ana María:

"Mi querido hermano Sergio: No te escribí apenas llegué porque he tenido a mi muchachito muy enfermo más de ocho días. A Dios gracias, ya está bueno. ¡Estuve más afligida! Creí que se me iba a morir.

La pobre Rosa y sus hijos nos han recibido como no habrían recibido al presidente. Es una gente muy buena y su pobreza que tiene tantas ternuras para mi hijo y para mí, se parece a la choza en donde me han recibido: la niña Concha diría que es miserable, pero yo sé que es limpia y está llena de hendijas por donde el sol sabe meter sus dedos tibios y dorados, y que escapan, quién sabe por qué milagro a los de la lluvia, tan fríos y desconsoladores.

Vieras cómo me pastorean todos a Sergio. Apenas llora lo cogen y no saben qué hacer con él. Tal vez eso es educarlo mal. Pero es que da lástima dejarlo llorar, cuando uno sabe que poniéndolo en los brazos se queda tranquilo. ¡Verdad que es mejor no dejarlo llorar!

Yo procuro ayudar a Rosa en todo cuanto puedo. Ahora aprendo a tejer canastos. El hijo mayor de Rosa sube a la montaña y nos trae el bejuco. Es muy duro y a mí me sangran las manos, pero ya me acostumbraré.

El sábado irá Jesús a vender lo que hemos hecho al mercado de Heredia y como ya van a comenzar las cogidas de café, esperamos que se nos venderán bien.

He aconsejado a los hijos de Rosa que rieguen por el pueblo la nueva de que yo sé coser. Recuerdo que a ti te gustaban los vestidos que hice para mí y para la niña Concha. El año que vivimos en París, aprendí a coser y a hacer sombreros con una francesita hija de la dueña del hotel en donde habitábamos.

A ratos me desconsuelo, pero me pongo a ver a mi hijo y el valor me vuelve. Siempre tengo en la memoria tus palabras, de que ya que lo llamé a este mundo, debo ser su guía y su protección.

La casita de Rosa queda en una altura. Al frente tiene un jardín que es un juguete, lleno de chinas de colores, de miramelindos y con dos palitos de uruca que tiene siempre todo oloroso a fiesta. De noche, así que se duerme Sergio, me voy a sentar al corredor, desde donde se ven las luces de San Jose. ¿Sabes que parece la ciudad de noche? Un gusano de fuego. Y pienso que entre esas luces estás tú, Sergio y está Miguel, y me consuelo. Me da tristeza pensar que en el invierno no podré verlas. Dice Rosa que entonces casi siempre el valle está cubierto de nubes.

Escríbeme, cuidado me olvidas. Tus cartas y mi hijito serán mi única distracción. Dame bastantes consejos mi querido hermano.

Abraza a Miguel en mi nombre. Mi hijito les manda muchos besos, yo te abrazo mi querido hermano,

Ana María

Si yo espero, el sepulcro es mi casa:
En las tinieblas hice mi cama.
A la huesa dije: mi padre eres tú:
a los gusanos: mi madre y mi hermano.
¿Dónde pues estará ahora mi esperanza? Y
mi esperanza, ¿quién la verá?

Libro de Job.
Cap. XVII – 13 – 14 – 15

¡Cuántas miserias en torno suyo! ¡Cuánta carne mártir y resignada!

A Sergio le hacía el efecto esta mansión, de un panal en donde se escuchaba el incesante zumbido de las abejas que fabricaban el dolor y no la miel. Aquella parecía la morada de Job, el gran rebelde paciente de la Biblia, ya increpando a Dios y "maldiciendo su día" ya rascándose sus llagas con una teja, sin quejarse. Allí la risa era algo que solo servía para hacer resaltar las muecas impresas por la deformidad o la pena.

A ratos se imaginaba en el planeta de los estropeados: ciegos, mancos, hombres sin nariz, sin piernas, que se arrastraban con los muñones de los muslos protegidos por un cuero grueso, o que caminaban golpeando el suelo con una pierna de palo o con las muletas. Había un mozo alto, fornido que

158

de repente caía con un ataque y se ponía a rebotar como una pelota de hule, con la boca contraída por una mueca diabólica y cubierta de espumarajos. Un hombre ya canoso, chiquito, de ojos saltones, con el busto desarrollado y con las piernas apenas de media vara, sentado en un carro de juguete fabricado por él mismo y que él mismo podía manejar. Era inteligente y risueño y gustaba burlarse de sí.

—"Campo al automóvil de Marín" —gritaba a los grupos de compañeros que encontraba en los corredores. —"¿Vamos a pasear del brazo, esta noche a la retreta? —decía al mocetón de los ataques. Sin embargo, Sergio lo sorprendió un día escondido llorando entre un zacatal. Un muchacho sin nariz, con las manos y los pies muy hinchados, que nunca dejaba de comprar lotería, con la esperanza de tener dinero, con qué comprarse una nueva nariz. Había un mozo de treinta años con el aspecto de una pelota de manteca vestido con una bata de mujer. Un adolescente ciego de nacimiento, acostado en una carretilla, tan descarnado, que se le veía la calavera; las piernas eran delgadas como un dedo y al mirar por sus ojos abiertos, se creía asomarse a una casa deshabitada por la noche.

En el ala derecha del edificio, se movía una tropa femenina compuesta de viejecillas locas, paralíticas, mudas, ciegas, y de muchachas deformes, cuya juventud no hacía sino poner de manifiesto su repulsiva fealdad. Había una, cara de ardilla, el pelo cortado al rape y su rostro lo dejaba a uno en la duda del sexo a que pertenecía. Caminaba de un modo fantástico, culebreando las piernas y aleteando los brazos. Una güechita con la cabeza llena de cintajos de colores y de peinetas; en el corpiño de su vestido traía prendido cientos de alfileres, medallas de latón, imperdibles; tenía un cerebro de urraca y apenas llegaba una visita, acudía a pedirle con su vocecilla atiplada cualquier cosa brillante que trajera encima. Había otra, muy joven y robusta, morena de carne fresca, con las mejillas en flor y los ojos negros franjeados de pestañas largas y rizadas; tenía las piernas tan endebles, que a lo mejor caía y era preciso ayudarla a levantarse. Siempre estaba viéndose los dedos y riendo con una risa estúpida, llena de saliva que salpicaba cuanto tenía cerca de sí. La que más impresionaba a Sergio, era una muchacha muy gorda, con una desmesurada cabeza que balanceaba sin cesar con el ritmo de un péndulo. Cada mañana, al sacarlo mama Canducha de su cuarto, la veía sentada en una banca, moviendo su gran cabeza, y él imaginaba oír el tac, tac, producido por este péndulo humano.

Un día Sergio se sorprendió comparando su miseria con las que lo rodeaban, y consolándose al hallar la suya muy por encima de éstas. Se sabía joven, bien formado y fuerte hasta las rodillas. Y lo desconcertó esta idea de encontrar alivio en la miseria ajena.

Los días de Sergio estaban consagrados al violín. Para descansar rogaba a mama Canducha

160

que lo llevara por los corredores; entonces conversaba con todos, escuchaba sus miserias y les daba palabras de consuelo. Sin esfuerzo alguno se granjeó el cariño de hombres y mujeres.

Un domingo, recién llegado, le llamó la atención el espectáculo que se desarrollaba del lado de allá del jardín. Había un viejecillo apodado "Lorita", pipiriciego y cándido quien hacía carretitas de madera para los niños, que iba a vender los sábados al mercado. Con las ganancias traía cigarros y golosinas a los compañeros.

Sergio vio al viejecillo tocar dulzaina y al son de su música bailaban mujeres: entre ellas la güechita y una anciana muda, de rostro infantil y cabello plateado, que inspiraba simpatía. Las bailarinas y la ronda formada en torno de ellas, parecían contentas. Sergio hizo traer su violín. Su arco que tanto amaba Beethoven, y que interpretaba sus obras con maestría, se puso a acompañar los compases que "Lorita" sacaba de la dulzaina: "La Paloma" "El Torito". Los rostros de aquellas gentes se volvieron radiantes. La anciana muda brincaba como una chicuela y nuevas bailarinas vinieron a aumentar la ronda. Acudieron todos cuantos estaban levantados. Sergio, que creía ver sus almas, las imaginaba como palomas hambrientas que acudían a comerse unos granillos de ilusión.

Desde entonces, cada domingo por la tarde, se repetía la diversión; por la mañana, mientras se celebraba la misa, el violín de Sergio sabía de-

rramar sobre todas las dolientes cabezas que poblaban la capilla, armonías infinitamente suaves
que las acariciaban con dulzura maternal y las
hacían pensar en un cielo lleno de ángeles y de
vírgenes que cantaban ante el trono del Señor,
junto al cual todos los desgraciados tenían su
campito.

Al poco tiempo de haber llegado Sergio al
hospicio, todos lo querían y respetaban. Lo llamaban entre ellos, "el violinista", pero cuando se
dirigían a él personalmente le decían "Don
Sergio".

Ahora Sergio contaba 24 años. A todos
cuantos lo veían les impresionaba su figura de actitud serena, su rostro moreno y pálido enmarcado
por la espesa cabellera lacia y negra.

El perfil noble que prometiera su infancia,
estaba allí y en su mirada de color de agua profunda se abría la flor de la tristeza cuyas raíces se
hundían en las profundidades de su ser adolorido.

Mama Canducha ha dejado la silla de Sergio
junto a la ventana del cuarto que ocupan en el
hospicio. Acaba de salir el sol y él ha abierto sus
sentidos de par en par y se ha puesto a disfrutar
con todo su ser, de esta mañana límpida y fresca.
Ayer cayó el primer aguacero del año: el cielo y las
montañas han amanecido lavados y los cafetales
florecidos. Ayer ellos lucían solamente el verde
esmeralda de sus hojas, pero manos invisibles
tejieron durante la noche, maravillosos encajes

blancos y perfumados a lo largo de las ramas de los arbustos. ¿Por ventura las gotas del aguacero, se cuajaron en la aromosa escarcha que hoy los cubre? ¿Qué misteriosa voz pasó llamando entre la oscuridad y a su conjuro asomaron las flores y se esponjaron en las ramas de los cafetos? En el seno de cada una, palpita la esperanza. Los yigüirros cantan a las lluvias que tornan. El bramido lejano y tibio de una vaca agita el ambiente de la mañana. En el potrero, al otro lado del río, hay un niño que grita. ¿Por qué? Quizá siente el deseo de meter entre sus pulmones este aire luminoso y cargado de aromas. Entre el follaje y la hierba hay rumor de alas y chirrido de insectos y el murmullo fresco del río Torres sube de la hondonada. Hay en todo un olor a tierra mojada, que embriaga a Sergio. El cree oír dentro del suelo hervir las existencias que pronto asomaran a la superficie, la agitación de las simientes que van a dar a luz, y que se lamentan con pequeños gritos jubilosos. A lo lejos, la ciudad despierta: los techos de zinc brillan deslumbradores cuando la luz los hiere y las chimeneas comienzan a echar sobre el azul del cielo sus jirones de humo, y a Sergio le es esto desagradable, porque le parece que una mano torpe, arroja harapos negruzcos sobre un campo inmaculado. La vida entona en torno suyo el himno vigoroso de lo eterno, y aun dentro de él, hay alguien que canta con un acento en donde hay la trágica dulzura que había en el canto del zenzontle ciego del tío José. El es como una nota encadenada, pero qué importa si es músico. ¿Qué importa el haber venido condenado a pasar sus días en esta silla de ruedas? En esta mañana no maldice su destino, ni la vida le parece, como a los filósofos pesimistas, que no vale la pena de ser vivida. — ¡Vivir! ¡Vivir! —dice maravillado. ¡Formar parte del gran concierto que se levante de la Tierra, aun cuando mi voz sea de las que echan al viento la nota quejumbrosa . . . !

Sergio sentía que su ser entero se diluía entre la mañana espléndida como un grano de sal en una corriente de agua cristalina; que formaba parte del viento que mecía las hojas de los árboles y de los terroncillos de humos del suelo.

Las campanas de una iglesia de la ciudad se ponen a doblar, y sus repiques fúnebres parecen condensarse en los jirones de humo que flotan sobre el caserío.

¡La muerte! Pero cierto no la concibe horrible y lúgubre en esta radiante mañana de abril. No piensa con repulsión en la carne que se deshace entre el polvo y entre la cual surge la vida, sino que piensa en ella como en una inmensa flor purpurina que despliega bajo el sol su belleza y vuelca en el aire su corola de perfumes fuertes.

¡Morir! ¡Vivir! Cuán infinitamente admirable es la dolorosa vida, con sus grandezas y sus mezquindades, con sus pájaros y sus gusanos, sus estrellas y sus microbios!

Sergio está inmóvil: escucha la música que hay dentro de él y en torno suyo, que forma melodías dulcísimas y armonías que se llevan su alma entre sus redes a regiones en las que se pierde la noción del cuerpo que sufre.

¡La Muerte! Cuando él no sea ya Sergio, la criatura que pasó ante los hombres en una silla de ruedas... ¿Porque llegará un día en que desaparecerá? ¿Cómo será no estar ya consigo mismo? Y experimenta la tristeza que despierta la separación de un amigo que conoce todos los rincones de nuestro interior. Un día, él se borrará también de la superficie del planeta, se hundirá en lo desconocido y posiblemente tal cual él ha sido, no se repitirá en lo infinito del tiempo... Otros seres humanos aparecerán con las piernas muertas, rodarán en otras sillas de ruedas, pero ninguno será él. Nunca más los hilos de la vida se tejerán para formar una figura igual a la suya.

La naturaleza aparenta monotonía, pero si se escudriña se encuentra que jamás se repite: el agua que hoy pasa ante nuestros ojos, no será la misma que ha de correr mañana en el mismo lugar: ¡cuántas materias nuevas llevará su corriente que no llevaba la de antes o viceversa! ¡Cuántas combinaciones insignificantes tendrán lugar en la esencia de los seres humanos, que los hace tan diferentes aun cuando están modelados con la misma arcilla! Llegará el instante en que esta nota que es él, vaciará su sonido en el espacio... Y el sonido no se perderá, no, pero se dividirá en gotas que se unirán a otras, las cuales llenaron cuerpos que se movieron en un medio diferente a éste en donde se moviera el suyo, y que por lo tanto pensaron y obraron en otra forma.

Recordó cuántas veces intentara acabar con su existencia mutilada y cómo una intensa y divina curiosidad de saborear lo que aún el dolor y quizá la dicha descansarían en su ánimo, lo sostuvo.

¡Y nunca fue más honda e intensa esa misma curiosidad que en esta mañana primaveral!

SERGIO ESCRIBE A ANA MARIA

Ana María, hermana muy querida: Estoy imaginando que llego a la casita de Rosa y que te encuentro sentada en el corredor oloroso a uruca, con tu hijito en el regazo. ¡Qué grande estará ya Sergio, mi ahijadito y sobrino! Hoy cumple ocho meses. Cuéntame bastantes cosas suyas, y dale muchos besos que le mando, junto con este pequeño recuerdo; la cadena con la medallita colgada de ella, me la puso mi mamá cuando cumplí un año. Hace mucho tiempo, mucho, me la quité y la guardó mama Canducha, porque el cuello se hizo más grande que la cadena. Lo querida que es para mí esa joya lo debes comprender, y porque es un objeto muy amado para mí, lo envío a tu hijito.

Ayer tarde te recordé mucho. Desde mi ventana podía ver las torres de San Francisco que fueron tan amigas nuestras. Frente a mí, tenía la ciudad!. ¡Qué tranquilas parecen las casas así vistas de lejos! Lo mismo debes pensar tú cuando las miras de allá. El humo de las chimeneas domésticas hace imaginar escenas de familias sentadas en torno de la mesa cubierta por un mantel inmaculado, con platos de los que se escapan nubes de vapor. Hay un pan muy blanco; el padre habla, la madre y los niños sonríen . . .

Le he dicho todo esto a mama Canducha que ha movido la cabeza con aire de duda y me ha contestado que no es bueno fiarse de ese aspecto de mansedumbre que presentan las casas vistas de lejos; que si nos fuéramos a asomar por el techo de cada una, encontraríamos escenas muy diferentes a las que yo he imaginado.

¿Y sabes Ana María, lo que ha encontrado mi viejita en el fondo de mi baúl? Pues la pequeña cruz de hueso que me diste hace años, para que no llorara. La lente con el Niño Jesús dormido entre azucenas, se ha perdido. No me ha gustado encontrarme con el agujero vacío. Y yo me he vuelto algo filósofo, me digo que algo parecido me ha ocurrido con otras cosas que antes encerraban un gran encanto para mí y que al encontrarlas más tarde solo conservaban el agujero en donde había estado ese encanto.

¿Qué rumbo tomaría el prisma de cristal que me diste con la crucecita, aquel prisma que todo lo irisaba, hasta la tía Concha y al tío Nacho? Ese pedazo de vidrio ha sido el

167

más lindo cuento de hadas que me han contado en mi vida. A través de él vi brillar más lágrimas como si fueran flores. ¿En dónde estará? Quizá en el polvo de algún camino. Quisiera que todos los niños tristes encontraran un prisma como ese, para que los pusiera a soñar en cosas bellas.

Esas cosas eran tus únicos tesoros cuando eras chiquilla, y sin embargo me los diste, Ana María, para hacerme olvidar la pena tan grande que yo tenía.

Adiós Ana María, hermana muy querida

Sergio

Sergio sentía una piedad infinita por todos aquellos viejos enfermos asilados en el hospicio de incurables, la mayor parte de los cuales no encontraban un refugio ni dentro de ellos mismos. Todo les molestaba y refunfuñaban hasta de la luz del sol. Estos viejos eran tan desvalidos como niños de pecho, pero lo que en un niño es sonrisa en ellos no era sino una mueca desdentada. Como no los aseaban bien, olían mal y alejaban a los que trataban de acercárseles movidos por la piedad. Entre ellos mismos no existía armonía y disputaban entre sí por cualquier cosa. La vida había perdido para estos seres, todo atractivo y se inclinaban temblorosos hacia la tierra como respondiendo a un llamado.

Los encargados de cuidarlos, eran, en ese

entonces, con una que otra excepción, personas malhumoradas, a quienes la necesidad de ganarse la vida en alguna forma, había llevado allí, y así trataban a los asilados, con gran dureza. Sobre estas cabezas desvalidas caía la caridad como piedras.

Por ese tiempo, la directora del establecimiento era la viuda de un magistrado, caballero que por cierto había impartido durante su vida de juez, más injusticia que justicia. Los hijos eran unos pícaros que habían dejado en la pobreza absoluta a su madre, la cual, gracias a sus buenas relaciones, había logrado que la beneficencia la protegiera sin confundirse con los infelices, nombrándola en la dirección del hospicio. Era una dama que sentía un profundo desprecio por los pobres. Se pasaba la vida ya rezando en la capilla, ya en su habitación tejiendo encajes y abrigos de lana que vendía bien. La suerte de los desdichados recogidos en el establecimiento que dirigía, no le importaba un comino, y cuando se dignaba entrar en alguno de los salones, parecía que se iba recogiendo las faldas espirituales para no contaminarse en aquel ambiente de desgracia.

En una ocasión vio Sergio acercarse a un anciano a la cocina a pedir que le permitieran encender un cigarrito en las brasas, pero la encargada de esa dependencia lo echó de allí como quien echa una gallina.

La directiva o patronato encargado de velar por la marcha de asilo, estaba compuesta, por señoras y caballeros católicos que se habían metido en la filantrópica obra como quien entra a un club de deporte idealista, y porque esa actividad los haría aparecer ante sus propios ojos y ante los de sus amigos, como personas caritativas. Además creían que así comprarían la buena voluntad de Nuestro Señor y la protección de los santos. Cuando se reunían a deliberar sobre la marcha del hospicio, bostezaban de fastidio y se ponían a pensar en sus placeres, negocios y picardías. El presidente del patronato de la institución, hacía que en cada sesión sirvieran té con golosinas, y el gasto corría de cuenta de los fondos del hospicio. El presidente era un señor muy rico dueño de unos diez millones de dólares, amontonados a fuerza de negocios oscuros y de explotar a sus peones. Pero él decía que su capitalito lo había amasado con el sudor de su frente y siempre contaba que había comenzado con un tramo en el mercado.

Entre los ancianos asilados, estaba un peón que sirvió muchos años como mandador en fincas del presidente del patronato del hospicio de incurables. En una ocasión, al desramar un árbol en un cafetal del patrón, cayó y casi se mata. El accidente lo dejó inutilizado para el resto de su vida. El filantrópico señor se quitó de encima las obligaciones que tenía con su viejo mandador, mandándolo al asilo, sin tener que hacer ningún desembolso. También la esposa del presidente aprovechó la posición de su marido, para deshacerse de una vieja criada que les sirvió por espacio de veinte años, lavando y aplanchando la ropa de la casa. Cada día,

170

durante esos veinte años, tuvo que estar de pie lo menos diez horas. Al cabo del tiempo sus fuerzas se terminaron y las piernas se le llenaron de úlceras. Toda su vida de trabajo, no le había servido de nada. Ahora estaba enferma, vieja y pobre y su señora la mandó al establecimiento de beneficencia que mangoneaba su marido, como quien tira un desecho al basurero. De cuando en cuando la distinguida dama enviaba a su antigua criada un bollo de pan duro y unos panecillos de cacao.

Como el señor presidente de la directiva del hospicio de incurables deseaba que su imagen y su nombre pasaran a la posteridad rodeados de una aureola de gloria, trató de destacarse a fin de que los otros miembros del patronato creyeran que era un deber de justicia colocar el busto del señor presidente a la entrada del edificio y que su retrato se colgara en una de las principales paredes del asilo. Para ello inventó que el legado de una beata rica fuese destinado a levantar un pabellón de grandes proporciones y que otras entradas se dedicaran a jardines, pavimentos de helado mosaico y a unos ventanales para la capilla. Había que recortar en los alimentos, y los viejos incurables tuvieron que conformarse durante mucho tiempo, con una agua chacha en lugar de café y con arroz y frijoles de mala calidad y sin manteca, acompañados de bananos sancochados. Los nuevos salones eran helados como una nevera, debido a los muros de cemento y a los pisos de mosaico, y dentro de ellos temblaban de frío los ancianos en los días de lluvia y en las heladas noches de diciembre. Pero el señor presidente del patronato hizo muy buen negocio con el pedido de cemento, por el cual no tuvo que pagar derechos por ser cemento destinado a una obra de beneficencia y el cual él vendió ganándose un gordo porcentaje. El señor presidente del asilo se deleitaba viendo sobre la blancura inmaculada de las paredes del nuevo pabellón y sobre el brillo del pavimento del mosaico, destacarse en toda su desnudez, la desolada miseria de aquellos desvalidos.

Cuando inauguraron los fríos salones, el presidente compró una página entera en cada uno de los diarios de la localidad e hizo que tomaran fotografías suyas, rodeado de los viejecillos asilados. Dichas fotografías aparecieron en las páginas compradas, en todas se veía la rechoncha figura del señor presidente en diferentes poses, sonriendo siempre, con una sonrisa que él creía parecida a la de San Vicente de Paul: en esta se le veía con Marín a sus pies; en la de más allá con la mano colocada con amor sobre la cabeza de un paralítico.

En cuanto estuvo el terreno preparado, se procedió a colocar el busto y el retrato, uno y otro obra concienzuda de artistas nacionales. No hay que decir que fueron pagados con fondos del hospicio. Y los periodistas dijeron en sus crónicas sobre la ceremonia del homenaje al señor presidente del hospicio de incurables, que nuestro filántropo era como el fuego que calentaba aquellas míseras existencias.

Siempre fue de países distantes que vinieron quienes más influyeron en la vida de Sergio: del Tirol, Miguel; de Chile, Rafael Valencia.

Era un domingo por la mañana. Se celebraba la misa acostumbrada en la capilla del hospicio de incurables, y Sergio tocó un arreglo que él y Miguel habían hecho de algunos pasajes de la pasión de San Mateo de Bach y luego comenzó a soñar con su violín, tocando una danza popular, una danza de duendes muy conocida, en la que el autor había puesto de relieve el encanto inefable que hay en los movimientos de las cosas pequeñas y humildes que nadie se detiene a mirar. La música de las danzas era interpretada siempre por Sergio en una forma que conmovía profundamente a quien la escuchaba. Era como si a través de ella, Sergio comunicara las sensaciones más íntimas y fervorosas de su alma. Era como si se pusiera a decir que volar no era su mayor anhelo, que no eran las alas lo que él pedía y menos las alas de los ángeles. No, decía la música de su violín, no son alas lo que yo quiero . . . lo que yo quiero son mis pies, mis pies, mis pies. Lo que su arco sacaba de las cuerdas graves y agudas de su violín en aquellos acordes, en aquellos *pizzicatos* en aquellos arpegios rápidos, en las notas que tocaba con los dedos un zapateado de Zarazate, en una danza popular eslava o mejicana, en una danza noruega de Grieg, era su humilde y poderoso deseo de poner sus pies sobre la tierra, de sentir bajo sus plantas lo deleznable del polvo del camino, la blandura sucia del barro, la dureza de las piedras, la suavidad de la yerba. Caminar despacio por las veredas, subir y bajar por las pendientes, correr por los potreros y luego girar y saltar cogidos de las manos de los muchachos y de las muchachas al son de la música. Por último tocó aquella fantasía para violín, compuesta por Miguel hacía muchos años al escuchar en el hospital las ruedas de la silla de Sergio.

¡Cuán lejos de la idea de que del otro lado de la pared, unos oídos que conocían y comprendían la música, lo estaban escuchando con admirable emoción!

Pasó que después de comenzada la misa, se detuvo un coche a la entrada del hospicio, y de él descendieron tres personas: una de ellas era un extranjero, Clovis Shirley, célebre compositor inglés que también era un organista de renombre. El músico inglés viajaba por América. Sin procurarlo él, se supo enseguida en los altos círculos sociales del paso por Costa Rica del famoso personaje inglés y enseguida nuestro pequeño mundo artístico y hasta el gobierno, se dedicaron a festejarlo.

En la mañana de ese domingo lo paseaban por los alrededores de la ciudad. Al pasar por el hospicio de incurables, mostró deseo de visitarlo. Bajaron, y al llegar a la capilla, oyó el violín de Sergio. Inmediatamente el músico se sintió atraído por aquel modo de interpretar a Bach y luego se

174

quedó confuso al oír la danza de los duendes. No quiso entrar en la capilla para no llamar la atención. La música compuesta por Miguel le pareció conmovedora y él que había viajado por toda Europa, se dijo que nunca había escuchado un violín que lo emocionara como éste. La ejecución de los otros valía más, indudablemente, pero el violín que tenía ante los oídos lo conmovía de una manera nueva. Esperó hasta el final del Oficio, y entonces se situó a la entrada a ver desfilar el tropel de criaturas estropeadas por la Vida. Miraba ansioso a los que salían. Sergio apareció en su silla empujada por Mama Canducha; tras él venía su nuevo amigo "Lorita" trayendo el violín con gran veneración. Con el sombrero en la mano se acercó el extranjero al viejecillo y le preguntó:

—¿Dónde está el violinista?

Alguien le indicó a Sergio quien ya le llamara la atención y tendiéndole la mano: —Clovis Shirley, señor. Jamás he escuchado un violín que me haya hecho sentir lo que el suyo.

Así comenzó esta amistad: Ascendió en minutos a una altura que las gentes tranquilas logran alcanzar en años, y dejó profundas huellas en la vida de nuestro amigo.

Desde este día, el organista frecuentó Los Incurables, y al poco tiempo Sergio sintió que un noble corazón había abierto sus puertas al suyo.

Clovis Shirley era un hombre de unos treinta y cinco años, cuyo carácter jovial y vivo estaba muy lejos de la proverbial flema inglesa. Sus amigos decían que a su nacimiento, las hadas de los dones amables, se reunieron en torno de su cuna: artista coronado de renombre a los veinticinco años, generoso, muy rico, apuesto, gentil y simpático, adorado por las mujeres y querido y admirado por cuantos lo trataban. Tal era el nuevo amigo que salía al encuentro de Sergio.

La gloria que lo rodeaba, no había inflado su pensamiento. Le agradecía profundamente a la naturaleza el haberle puesto entre la carne la pasión por la música, pero no se envanecía por ello, como no le envanecía su nariz apolínea ni su cabellera. Su inteligencia comprendió desde muy temprano que todo esto se hizo sin la intervención de su voluntad.

El contacto con esta alma poco egoísta, que amaba la vida y podía comprender su apasionamiento por el arte de los sonidos, fue para la de Sergio un gran bien. Con su ingenuidad de niño, le relató su vida de músico solitario, como la de esos grillos ermitaños que pasan los días a la entrada de su celdita, cantándole al sol, a la noche oscura, a la estrella lejana y a la nube que la oculta, a la flor que amanece abierta a la vera de su morada y al gusano que pasa arrastrándose. En él todo se convertía en armonías y su violín se encargaba de echarlas al viento en forma de canciones humildes. Lo presentó a su maestro, y el organista habituado a ver encumbradas e hinchadas tantas medianías, se maravilló al encontrar escondido en un humilde afilador, a un artista, estudiante del conservatorio de Praga, que sabía enseñar armonía y contrapunto. Sergio le hizo conocer sus composiciones y su nuevo amigo encontró notables su "Marcha de Job", inspirada por el montón de carne atormentada que se movía en su derredor, y su "Canción del Grillo" cuya grandiosa humildad enternecía.

Un día Clovis Shirley halló en el camino, al venir al hospicio, a Mama Canducha y le hizo compañía. Le impresionaba la devoción que la vieja india tenía a Sergio. Hizo caer la conversación sobre él; con delicadeza trató de informarse de su vida, y la anciana al palpar con las finas antenas de sus sentimientos que en "el machito", como ella llamaba a Clovis Shirley, había un verdadero amigo de "Su muchacho", le relató las intimidades de esta alma atormentada. Al escucharla los ojos del organista se nublaron. El afecto y la simpatía que ya profesaba a Sergio, se hicieron grandes y fuertes. Su espíritu apasionado quiso hacer volar el pensamiento de Sergio por regiones desconocidas en las cuales se olvidara de sí mismo, y lo invitó a ello con ideas embriagadoras.

El organista propuso a Miguel y a Sergio, dar unas audiciones en el Teatro Nacional. Este se negó al principio, pero hablaba el organista con tanto entusiasmo y además se ofrecía acompañarlo al piano, que acabó por ceder. Miguel no dijo nada, pero no volvió a asomarse por el hospicio. Enseguida Clovis Shirley hizo traer un piano y desde que llegó el instrumento, casi no volvió a salir de allí. Las horas se le iban en un soplo.

¡Cuán feliz fue Sergio al escuchar por primera vez las voces de su violín entrelazándose con los compases del piano! Por fin el solitario había encontrado un compañero. Sin saber por qué, el recuerdo de Ana María pasó a través del minuto encantado como el pájaro azul de la leyenda. Al tocar una fantasía de Schumann, tuvo la ilusión de que el acompañamiento era un cielo crepuscular de verano y sobre este fondo el canto de su violín encendía la estrella de la tarde.

Creaciones de Beethoven, de Haydn, de Haendel, de Mozart, de Chopin, se esparcieron por el ambiente desolado del hospicio, como el perfume guardado en un vaso que se abriera, perfume extraído hacía muchos años de flores cuyos pétalos se deshicieron, y cuyos átomos andaban ahora quién sabe en qué cuerpos.

La aureola que rodeaba a Clovis Shirley, le abrió todas las puertas; sin ninguna dificultad anunció las audiciones que darían en el Teatro Nacional. La novedad de aquel artista costarricense desconocido, elogiado por el gran músico extranjero hizo bulla en nuestra sociedad. Desde una semana antes de llevarse a cabo la primera audición, los diarios movieron en sus columnas los incensarios, ante el célebre organista inglés y el violinista nacional. Todo lo que se contaba de éste, rodeaba su nombre de leyenda. Y quizá fue más la curiosidad de ver en el escenario a un violinista paralítico, y no el deseo de oír buena música, a la que nuestro público no es aficionado, lo que llenó el Teatro.

Llegó el día de la primera audición. En el hospicio había un movimiento inusitado. Los ciegos seguían con los oídos y los demás con orejas y ojos, las visitas que entraban y salían: músicos, periodistas, curiosos. Había un continuo placentero en todas aquellas bocas que siempre eran nidos de lamentos; en este día hubo menos quejidos porque el afán de fisgonear hacía olvidar las enfermedades. ¡Y las cosas maravillosas que sobre "El Violinista" contaron esas lenguas cándidas!

Mama Canducha estaba en trabajos con la silla. Hizo ponerle flamantes almohadones nuevos; barnizó las maderas y dio brillo a los dorados. En ella aparecería "su muchacho" ante cientos de personas. Cuando lo vio partir puso una candela a la Virgen y se arrodilló ante su imagen para que ella se lo sacara con bien.

El éxito fue notable: los conocedores, comprendieron que se hallaban frente a dos grandes músicos; a los aficionados no les dolió el dinero pagado y los curiosos salieron satisfechos. ¡En verdad que la figura del violinista no se podía mirar con indiferencia! Su vestido negro hacía resaltar la delicada palidez de su rostro. Las mujeres se sentían atraídas: hacían comentarios sobre sus ojos, su perfil, sus manos: el gesto arrogante y descuidado con que echaba hacia atrás su cabellera lacia; hablaban de su sonrisa melancólica y la distinción y naturalidad de sus movimientos. Los periódicos lo pusieron en las estrellas y uno dijo que al contemplar a Sergio sentado en su silla, con las piernas cubiertas por una costosa piel oscura, se pensaba en el hermoso e infortunado príncipe de aquel cuento oriental, con su tronco y sus miembros inferiores convertidos por malas artes en un bloque de mármol negro.

Han transcurrido tres semanas después de la última audición en el Nacional. Hace unos días de la partida del organista en vía de paseo al Guanacaste. Prometió a su amigo que a su regreso permanecería con él una semana, antes de continuar su viaje hacia la América del Sur. La novelería ha dejado por fin tranquilo a Sergio: se encontraba incómodo entre tantas gentes que no hablaban nada a su corazón, y a quienes veía acudir a contemplarlo como a un fenómeno raro. La paja ha sido aventada y Sergio ha descubierto que bajo tanta balumba solo había uno que otro grano bueno.

Es una tarde de octubre. Ha cesado el aguacero que cayera tenaz durante dos horas. Sergio está ante su ventana y mira con desaliento la ciudad que parece abrumada bajo un firmamento de plomo. Algunas chimeneas de fábricas y talleres, arrojan columnas de humo, rectas, del mismo color de la bóveda del cielo, la cual dijérase sostenida por ellas. Los árboles gotean y las torres de San Francisco no se ven porque están cubiertas por la neblina y en todo hay una calma pesada que doblega el espíritu.

La idea de que Clovis Shirley partirá para no volver nunca, acaba de desolarlo.

Por un caminillo transversal que conduce a su cuarto, se acerca Miguel con un niño en los brazos, seguido por una mujer enlutada, con la cabeza baja y cubierta por el llanto.

Al verlo en la ventana, Miguel lo señala, la enlutada levanta la cabeza y Sergio reconoce un rostro muy querido:

—¿Ana María?

Hace más de un año de su separación. Ella entra con timidez, no se atreve a acercarse, pero Sergio la atrae y la abraza con ternura.

Luego cuenta por qué está allí: ayer tarde uno de los chiquillos de Rosa, le llegó de Heredia unas compras envueltas en un periódico. Al desenvolverlas, sus ojos tuvieron una sorpresa alegre: allí estaba la fotografía de Sergio y después tres columnas que hablaban de él y de su violín. Bien decía ella: al violín de Sergio solo hablar le faltaba. Desde ese momento se le entraron unos deseos inmensos de abrazarlo. No tenía sino un colón y entonces madrugó y se vino a pie hasta Heredia. Desgraciadamente llovió desde temprano y tuvo que escampar varias veces. Eso sí, el último aguacero le había cogido en despoblado, y estaban hechos una sopa. Tuvo un gran susto porque no querían dejarla entrar; por dicha en ese momento llegaba Miguel, él habló con la directora, y allí estaba.

Al escuchar su relación y al contemplar su figura flaca y abatida, con sus pobres ropas empapadas, los zapatos enlodados y con su hijo en los brazos, pálida y con cara de enferma, Sergio tuvo que hacer un esfuerzo para no llorar.

Mama Conducha llena de solicitud los había hecho quitarse los vestidos mojados. Al niño lo cubrió con ropas secas y a ella la vistió con un traje suyo y la envolvió en el sobretodo de Sergio.

Han comido juntos y Sergio ha conseguido con la directora dé albergue en el hospicio a Ana María y a su hijo por una noche.

Después de comida se han reunido en la pequeña habitación de Sergio. Miguel no haya cómo marcharse. Allí se ha quedado con su silencio elocuente, dispuesto a hacer por la madre y el hijo cuanto le pidan. Fuera zumban el huracán y la lluvia.

Ana María se ha sentado a los pies de su amigo. Sergio mira con interés la encorvada figura, en la cual la cabeza es una flor marchita. La mirada soñadora que anidó en sus ojos en la época de sus amores, huyó y dejó la del desencanto. ¿Y sus camanances? La pena pasó por ellos su arado y en su lugar dejó un zurco de tristeza.

Luego Sergio se dedica a observar al niño dormido en su regazo ¡qué bonito es y qué gracioso el hoyuelo de la barba! La cabecita es un nido de rizos negros y por los labios entreabiertos asoman los menudos dientes como tiernos granillos de elote. Pero él, como su madre, está muy pálido y flaco. Ana María ha dicho que se pasa enferma. No es huraño y cuando Sergio lo ha cogido en sus brazos, el ha rodeado con los suyos el cuello de su

182

padrino y ha recostado en su hombro la cabecita, confiado y mimoso.

Al interrogar a Ana María sobre su vida, contesta sonriendo, con voz que se esfuerza por ser alegre. Sergio adivina que trata de aparecer valiente y de ocultar sus miserias.

Mama Canducha le pregunta:

—¿Cuántos días vas a estar en San José, Ana María?

Ella responde: —mañana me vuelvo. En la semana que viene principian las cogidas. Pienso ir a coger café y tengo que terminar unas costuras, y ya hoy es miércoles.

Hay un largo silencio que Sergio interrumpe:

—Ana María, ¿querés quedarte con nosotros? ¿No sabés que ya soy rico? Las tres audiciones me dejaron más de tres mil colones . . . mi amigo Mr. Shirley no quiso coger ni un cinco, todo me lo dejó a mí, y aún temo que haya agregado algo. ¿Qué querés que haga yo con este dinero? ¿Por qué no alquilamos una casita barata donde podamos acomodarnos los cinco? Mirá, Ana María: con dos mil colones nos instalamos pobremente. Yo daré clases; con lo restante del dinero, pondrás una tiendita de ropa. Y cuando estemos acomodados llamaremos a Gracia a nuestro lado. ¿Qué les parece?

En los ojos de Ana María ha caído una gota de luz. Levanta la cabeza y mira a Sergio emocionada.

En la boca de Candelaria hay una sonrisa de bienaventuranza: —¡Ay! ¡Mi hijo! —murmura—

me parece que me estoy soñando.

Miguel dice: —yo también trabajaré.

Sergio vuelve a hablar: — ¡Qué decís Ana María! Tu hijo está muy enfermo. Si te vas a coger café, el niño quedará en poder de los chiquillos de Rosa que por más que lo quieran no sabrán tratarlo.

Ana María se arrodilla ante Sergio, le cubre las manos de besos y contesta: —Dios te lo pague Sergio. ¡A mí también me parece estar soñando!

Luego estos cuatro seres abatidos por la suerte, olvidan sus penas y sobre ellas se ponen a tejer planes risueños para su existencia futura.

Ana María ha encontrado una casa barata en buena situación para las clases de Sergio. No es de mucho valor y queda en una calle tranquila y solitaria. Al frente tiene la tapia que flanquea el lado izquierdo de la Fábrica Nacional de Licores, adornada en un extremo por una añosa mosqueta, que precipita hacia el interior la perfumada catarata de su follaje sembrado de racimos de flores color marfil. A los lados no hay vecinos. A los pocos pasos se levanta un viejo edificio abandonado que llamaban "El Molino", porque allí se hizo harina en otro tiempo. Las ventanas no tienen cristales, están provistas de rejas de hierro y la fantasía de Ana María, le ha hallado un aspecto misterioso.

La casita está rodeada por un jardín abandonado. De noche suenan grillos como en el campo.

Clovis Shirley ha vuelto, y al saber los planes

de su amigo lo secunda con su entusiasmo de costumbre. Se siente feliz al ver que dejará a Sergio en una casa donde habrá mucho cariño para él, lejos de aquel Asilo de aflicción en que lo conociera.

Sin atender a las protestas de Ana María y Candelaria que se rebelan antes su munificencia, amuebla la casa a su gusto, y la deja arrendada por tres años; pide a Ana María que Sergio le diera para los gastos y lo guarda en la gaveta del escritorio que ha comprado para su amigo.

El en persona, con la satisfacción instalada en su fisonomía, va a sacar a Sergio del Hospicio.

Pero éste no abandona contento el Asilo en donde han sido tan buenos para él. Siente que ha echado raíces en cada uno de sus habitantes y al arrancarse de allí, deja mucho de sí mismo.

Es el día de la partida. Los que pueden, se han venido al corredor para verlo marcharse y todos los ojos están humedecidos. Desde temprano "Lorita" sigue la silla de Sergio, deseoso de serle útil. El pequeño Marín se ha empinado en su carrito para estrecharle la mano y habla tratando de sonreír con su voz de hombre: —No nos olvide don Sergio —Sergio recuerda cuando lo sorprendió llorando entre un zacatal.

Les ha prometido venir los domingos a tocar con "Lorita" para que bailen.

Al partir el coche que se lo lleva, se levanta un clamor como un lamento: — ¡Adiós don Sergio . . . ! Ya en la puerta se asoma por la ventanilla. Le parece que ha logrado salir de un barco tripulado por todos los dolores, perdido en el tiempo. Pero sus compañeros quedan en él . . . Allí están diciéndole adiós con sus manos mustias, algunos quizá con su granillo de envidia en el pensamiento: en la banca de siempre, aquella muchacha mueve su cabeza como un péndulo: tac, tac, tac . . .

No puede contenerse y con la cara escondida en sus manos, llora como un chiquillo. Su compañero se enjuga los ojos con disimulo.

El espectáculo de sus amigos que lo reciben con el rostro iluminado, en el hogar lleno de comodidades por la generosidad de Mr. Shirley, distrae la idea penosa que surgiera en su cabeza al abandonar el Hospicio.

Jamás Clovis Shirley ha tenido un minuto más emocionante.

Una semana después el organista partió. Durante dos años Sergio recibió cartas suyas. Luego estalló la guerra de 1914 y Sergio supo un día que su amigo Clovis Shirley, quien vino de Inglaterra a dejar su silla en una celda apacible, había hallado la muerte en los campos de Flandes.

ALGUNAS PAGINAS DEL DIARIO DE SERGIO

DICIEMBRE, 9 – 191 . . . . – Hoy ha venido Gracia. Dice que ha tiempos rogaba a papá que la trajera cuando venía a San José porque anhelaba verme, pero él se hacía el sordo. Por fin hoy cedió, ante una carta mía. Parece que está orgulloso con mis triunfos en los que él nunca había pensado.

Hace más de seis años que Gracia y yo no nos veíamos. ¡Es encantadora y parecida a mamá! Se ha desatado, para peinarla, su magnífica cabellera oscura que cae ondulando en torno de sus hombros.

Eso sí, noto que mi hermana "Tintín" ha perdido su viveza. Se ha sentado silenciosa a mi lado. Mientras pasaba mi mano por su cabeza reclinada en mi ragazo he pensado en las espinas en que la pobre ha ido dejando girones de su alegría.

Me ha referido su existencia penosa al lado de su madrastra, mujer vulgar, quien al igual de las madrastras de los cuentos, ha gozado humillándola.

Sus hermanos tampoco han sido buenos. El único que la ha tratado mejor ha sido su papá, pero el pobre está dominado por su esposa. He convencido a Gracia de que debe quedarse con nosotros y cuando papá vino a buscarla, le dije tranquilamente pero con energía, que mi hermana se quedaría a mi lado. Quizá porque sabe que su esposa le dará por esto un gran disgusto, ha querido obligarla a irse, pero ella se ha negado rotundamente. Papá se marchó muy disgustado, pero esto ni a ella ni a mí nos importa gran cosa.

Al oír alejarse el coche en que partía papá, me ha echado los brazos al cuello y luego ha cogido al pequeño Sergio y se ha puesto a bailar, armando tal alboroto que Mama Canducha ha venido a informarse: —hijá, me quedé en el otro mundo.

Esperaba en la cocina en qué terminaría el asunto con dos Juan Pablo, y al oír esta gran parranda creí que te llevaba del pelo. Luego Gracia ha dejado en el suelo al niño, que nos mira con ojos muy abiertos y ha levantado entre sus brazos a nuestra viejita y se la ha comido a besos.

Confío en que pronto la matita de alegría que decía Mama Canducha, la cual mustiaron los pesares, retoñará y nos dará racimos de risas frescas.

DICIEMBRE, 24 – 191 . . . – Hace más de un mes que estamos instalados en nuestra nueva casita. Yo he conseguido ocho lecciones que me producen algo a la semana. Ana María y Gracia han abierto una pequeña tienda de ropa para niños y ambas se muestran satisfechas. Además como han demostrado mucho gusto en la confección de trajes y sombreros para señora, tienen una clientela que no les deja un minuto libre. Miguel quería comprar lo necesario para comprar otra máquina de afilar, pero yo no se lo he permitido. Ya está muy viejo y yo deseo que descanse. Entonces se ha puesto a fabricar juguetes que vende en cuanto los saca a la calle. Ahora es el pequeño Sergio quien no se desprende de su lado. ¡Quién sabe que tiene Miguel, que los niños lo buscan y lo quieren!

Todas las ganancias las dejamos en manos de Mama Canducha, nuestra ama de llaves.

Las noches las dedico a mi violín. Ha comenzado a frecuentar nuestra casa un buen pianista costarricense que conocí por Clovis Shirley. Se llama Daniel López y yo adivino en él un corazón leal. Es una dicha para mí, cuando viene y nos ponemos a tocar.

Hemos alquilado un piano para que Gracia siga estudiando.

Ahora mientras los demás duermen, yo pongo en mi diario las impresiones que me dejara nuestra velada de Noche Buena.

¡Qué contentos la hemos pasado!

Mi amigo Daniel nos ha hecho compañía. Candelaria preparó una cena muy sabrosa en la que no faltaron sus célebres tamales. Cuando nos reunimos en el pequeño comedor, me pareció estar entre un nido hecho con briznas de calor y de paz. La mesa estaba cubierta con un mantel muy blanco. Ana María y Gracia la adornaron con vasos llenos de rosas y la sembraron de hojas de malva de olor. Los platos confeccionados por manos cariñosas, me sabía a gloria; en las copas llenas de vino chispeaba la luz. Por la vidriera mirábamos el jardín plateado por la luna, y la estrella del Niño, que se ponía, nos enviaba a través del ramaje de un eucalipto, su luz apacible.

¡Cómo se ha transformado en pocos días el rostro de Ana María! La tranquilidad ha regado su frescura sobre esta cabeza abatida por la miseria, que se ha enderezado como una flor a punto de morir, al sentirse bañada por una garúa. Ha vuelto a peinar su cabello con coquetería y esta noche llevaba una blusa de seda clara, y en el cinturón una rosa roja entre sus hojas verdes.

Hemos obligado a Mama Canducha y a Miguel a ocupar los extremos de la mesa y hemos declarado que ambos ocupan los lugares de honor. Bajo la faz morena y rugosa de mi viejita, dijérase se había encendido una luminaria; entre la barba canosa de Miguel se veía sonreír su boca, y en su rostro bondadoso había una serenidad infinita. Gracia estaba radiante, y la alegría desbordaba por sus ojos y por sus labios. He observado que mi amigo Daniel no le quitaba los ojos y al dirigirse a ella su voz tomaba inflexiones tiernas. Me gustaría que mi hermana fuese amada por ese muchacho leal, de alma de artista.

Al levantar mi copa yo he dicho:

Que a Clovis Shirley le vaya bien en donde quiera que esté.

Los demás han respondido conmovidos.

— ¡Así sea!

Al terminar nuestra cena hemos ido a la camita de mi ahijado a ponerle los juguetes que le compráramos. Mañana él dirá en su lenguaje infantil que se "los trajo el Niño". Cada uno se ha inclinado sobre su cabecita para besarlo. El también ha cambiado y las rosas de la salud comienzan a abrirse en sus mejillas.

JULIO, 16 – 191 . . . — Hemos recibido una carta muy tierna de mamá. Nos ha enviado una fotografía en la que están ella y sus hijos, y otra de la casa que habita en Argentina, un hermoso edificio. Éste y los trajes que ellos visten nos dicen que están en la prosperidad.

Los años no pasan por mamá: es siempre la linda mujercita de cara infantil. El bebé que conocí en el Colegio de los Salesianos, es ya un chiquillo de unos seis años. ¡Cuán cariñosa y confiada es la actitud con que se reclina en el regazo materno! A su derecha e izquierda, la cabeza de Noemi y de Rodrigo acarician la de mamá. Son casi de la misma edad. Noemi sonríe con su sonrisa en la que resucitó la de Merceditas.

Yo hablo con un tono que revela satisfacción y pena: —¡Verdad Gracia que mamá parece feliz! Esto debe ser un consuelo para nosotros.

No me responde. La miro y veo que sus lágrimas caen sobre el cuadro. Besa el rostro de mamá y dice: —Sí, los cuatro parecen felices . . . ¿No crees que a ellos los ama más que a nosotros?

NOVIEMBRE, 5 – 191 . . . – Ha muerto la tía Concha. Su marido murió un año antes. Ana María fue llamada por ella y le pidió volviera a su lado y la asistiera. Al verla en manos de criadas, se instaló a su cabecera y la cuidó con tierna solicitud. A Gracia y a mí nos legó parte de sus bienes; lo demás lo repartió entre la iglesia y Ana María. A última hora fue que la pobre perdió su afán por el dinero. Su muerte no me ha causado ninguna pena, ni su legado satisfacción alguna. A mi padre nada le dejó. Decía que no quería que su segunda mujer a quien tía Concha llamaba despectivamente, "aquella", ni los hijos que ella denominaba "bastardos", lograran nada.

ENERO, 191 . . . — Hace días notaba miradas y cuchicheos entre mi hermana y mis amigos. Antier me dijo Gracia sin más explicaciones, que nos mudábamos de casa, y sin poner atención a mis preguntas, comenzaron a cargar los muebles en carros. Acabé por molestarme, pero nadie parecía atender a mi disgusto. Miguel procuraba no ponerse a mi alcance, Mama Canducha andaba indiferente en su cocina y Gracia y Ana María que regresaban tarde de su tienda, se iban derecho a la cama. Mi único compañero ha sido mi ahijado cuyas travesuras me hacían olvidar el cuidado en que me ponía la actitud de los que me rodeaban.

De repente hoy a medio día desaparecieron también Mama Canducha y el niño. Miguel vino a la tarde por mí, pero yo no quería irme. ¡Qué malhumorado estaba!

Miguel me ha dicho: — ¡Sergio, por qué piensas mal de los que te queremos!

Por fin me decidí a salir.

Con cuánto pesar abandoné esta casita en donde la tranquilidad comenzó a ser mi amiga y en donde hemos vivido dos años. Sobre todo el jardín con sus eucaliptos y el macizo de caña de bambú en forma de bóveda, mi retiro favorito: allí leía y jugaba con el pequeño Sergio. Y la calle tranquila con su aire antiguo y romántico, transitada en las noches de luna por parejas de enamorados! ¡La tapia de la Fábrica de Licores adornada con la mosqueta que perfumaba el ambiente y el viejo caserón de "El Molino" con sus grandes ventanas sin cristales! ...

La silla comenzó a rodar por vericuetos y calles excusadas. Por fin ha desembocado en una carretera que conozco muy bien. La silla se ha detenido ante una verja ... que muy a menudo he visto en mis sueños. Por la calle central del jardín en que tan feliz fui de niño, corren a mi encuentro Gracia, Ana María y mi ahijado. Las ruedas de mi silla chirrían en la arena ... En el fondo, mi casa, en donde viví con mi madre y Merceditas! Mama Canducha está en el corredor y no se sabe si su cara oscura zurcada de arrugas, sonríe o llora.

¡A qué tratar de traducir en palabras mi emoción ... ! Lo recorro todo. La casa acaba de ser retocada: pintura y cal frescas, cielos nuevos, tapices renovados. Han arreglado mi dormitorio en la misma pieza en donde lo tuve de niño. El mirto de mi edad, asoma su follaje oscuro por la ventana, con afectuosa curiosidad. Sus hojas menudas me despertarán como antaño, tocando en los cristales. En el jardín no queda más que la glorieta de flor de verano y la palmera. Los sauces, las damas y los naranjos, los plantíos de rosales y de geranio, no existen. Oigo murmurar el agua de la acequia y mi fantasía la pone a repetir la canción aquella: "Adiós Sergio, Gracia y Merceditas ..."

Me cuentan que Ana María y Gracia han comprado esta casa en donde nací, con la herencia que les dejara la tía Concha; Miguel pasó hace un mes y vio el anuncio de que se vendía. Entre los tres combinaron el plan que Candelaria supo a última hora, de adquirir la propiedad y venirnos a habitarla. Ana María explica sencillamente:

—Siempre te he oído recordar tu antigua casa, Sergio. Al saber que estaba en venta imaginé la dicha que te daría haciéndote volver a ella.

He besado a su hijito y le dije al oído: —Ve, chiquillo y pon este beso en el corazón de tu madre!

Ahora cierro los ojos para ver mejor en mi memoria. la mañana en que mi silla salió rodando por la misma calle del jardín que hoy recorriera, hacia un desconocido frío y oscuro. En la verja había un letrero que decía: "Se alquila con muebles"; en el alero se arrullaban mis palomas y mi gatita Pascuala estaba sobre el tejado. Muchos muchos años han transcurrido desde entonces y aquel niño que se fue muy triste, torna hecho un hombre ya con barba, y canas en la cabeza. Pero la negra tristeza de antaño ha florecido en melancolía.

Ante mis ojos hay una hilera de sillas con un Sergio sentado en cada una: sale de esta casa, y cuántas curvas ha descrito para volver a ella!

¡Cuán inefables sensaciones ha puesto en mi alma esta primera velada, en nuestro antiguo hogar, en la misma sala en donde nos reuníamos con mamá! Faltan ella y Merceditas. ¿En qué punto de la tierra se encontrará mamá en este momento? ¿Pensará en sus hijos ausentes, rodeada de los otros? ¿Y Merceditas? Su recuerdo suave como un rayo de luna está sentada a mis pies . . .

¿A dónde habrían ido a parar la consola con el gran espejo, el reloj del caminante, el sillón de mamá y el florero como un fino tallo de cristal, en el cual ella ponía las rosas de mis rosales?

Nuestro amigo Daniel ha venido. Primero hemos hecho música y luego lo he dejado libre para que se reúna con Gracia que lo espera en un rincón de la sala. Daniel y Gracia se aman y su amor me hace dichoso.

Ana María cose junto a la lámpara. ¡Qué bonita se ha vuelto a poner Ana María! Su tez morena ha adquirido de nuevo la frescura de otra época. Al oír a su hijo escondido bajo un mueble, que me llama con su palabra infantil, levanta la cabeza, me mira con sus negros ojos rasgados y me sonríe, y su risa tiene otra vez camanances en dónde anidar. Viste un traje azul y pienso en la peloncilla de la casona de San Francisco. Sé que allá dentro en sus cuartos, duermen los dos viejos. Y mi ternura va a Miguel y a Candelaria.

A Miguel se le construyó una pieza allí donde estuvo "el cuartito de las golondrinas" y a Candelaria se le dio la misma que ocupaba en tiempo de mamá.

¿Por qué será que Miguel no ha querido volver a coger el violín? Ahora se limita a escucharme con recogimiento cuando toco. Es extraña la expresión de sus ojos! Dijérase que mira muy lejos o que acaba de llegar de distantes regiones.

El pequeño Sergio, cansado de jugar, ha venido a refugiarse en el regazo materno.

Desde el otro extremo de la sala, mi hermana da bromas a Ana María, Gracia me dice: —¿Sabes, Sergio, que ahora sí es verdad que se nos casa? —Con el gesto señala a Ana María— ayer tarde me le hablaron de matrimonio —agrega.

Y Daniel: —no olvide Ana María que me prometió nombrarme padrino de bodas.

Por las ventanas se ve el jardín adormecido por la luna. Los enamorados se van al corredor. Mi espíritu estaba hace algunos instantes lo mismo que el agua cristalina de un remanso, cuyas impurezas, en la tranquilidad, se fueran al fondo. Las palabras de Gracia han sido como la vara con que un niño hubiera llegado a remover el sedimento y a oscurecer la linfa transparente. Todas las tristezas que dormían en mí se agitan otra vez y enturbian el pensamiento.

Ya tenía noticias de ese enamorado de Ana María, tenedor de libros de un almacén contiguo a la tienda que abrieran ellas. En otras ocasiones oí a Gracia dándole bromas con él, también lo vi rondar nuestra casa. Es un hombre joven y lo encontré serio y de aspecto simpático.

¿Qué será de mi cuando esta criatura abnegada no esté a mi lado?

Yo pido a Ana María que se siente cerca de mí, y ella se acomoda a mis pies en una silla baja.

Con aparente indiferencia le digo:

—¿Es cierto que ese hombre te ha hablado, Ana María?

—Sí.

—¿Querés contarme, Ana María?

—Sí: ya sabés Sergio que en otras ocasiones me ha dicho que me quiere. Ayer me acompañó a la salida de la tienda y me propuso matrimonio. Yo le dije que tengo un hijo y que no soy casada; me contestó que lo sabía, pero que esto no le importa, que será su padre . . .

El vértigo me invade. Siento la soledad que dejará en derredor la ausencia de Ana María. Me repongo y heroicamente replico: —hay que tomar informes, y si resulta digno de vos . . . Este hombre puede hacerte dichosa.

—¿Te gustaría, Sergio, que yo me casara?

—¡La falta que me harías, Ana María! Pero si te viera contenta, olvidaría mi pesar.

—Pues no, Sergio, no me casaré. Así le he contestado a mi pretendiente.

—¿Ya no querés a Diego?

—Lo quería mucho . . . ¿Recuerdas cómo Sergio? Pero no era tonto como los cariños que vinieron después, que lo llenaron y formaron una montaña sobre él. Al mirar a mi chiquillo, me parece increíble que sea hijo de Diego quien ha llegado a serme indiferente. Cuando comprendí cómo era, lo juzgué un pobre hombre, y cuando una mujer piensa eso de un hombre, yo creo que no puede quererlo ni aborrecerlo.

Hubo una pausa.

Ella continúa: —Nunca te abandonaré, Sergio, nunca. Con tu cariño y el de mi hijo se llena mi corazón. Y ya ves, todavía me quedan los de Miguel y Candelaria. Si Dios nos deja, llegaremos a viejos, yo pastoreándote y vos dejándote pastorear. ¿No te parece un porvenir agradable. Después mi hijo se casará y nos dará nietos . . . ¿Qué viejillos más buenos seremos?

Yo replico: —no, Ana María, sos muy joven y el amor puede volver a buscarte y . . .

Me mira intensamente y veo en sus ojos una revelación que me deslumbra. No me deja terminar.

—Sí, el amor ha vuelto, Sergio, . . . me parece el primero . . . pero no hablemos de eso . . .

Ana María sale apresuradamente del cuarto con el niño.

Un sentimiento de inefable bienestar ha descendido sobre Sergio. Parece que no piensa . . . solo se siente envuelto por esa sensación de felicidad. Hace unos momentos estaba intranquilo; había un dolor que le punzaba el pensamiento con tal intensidad, que toda la vida se le volvía una pena infinita. Ahora es algo así como aquel día en que siendo muy niño, Miguel descubría ante su espíritu el mundo de la música y él daba en sus dominios los primeros pasos.

En el corredor conversan Gracia y Daniel.

El agua de la acequia pasa su murmullo a través del blanco silencio del jardín, y como antaño, Sergio cree que se aleja diciendo: "Adiós Sergio, Gracia y Merceditas . . ."

Sergio se adormece . . .

El y Ana María van por un camino, de la mano de un mozo alto y fornido. Se oye el ruido de sus pasos fuertes, tas, tas. ¡Cuán potentes son las piernas del muchacho! ¡Y las suyas qué débiles! Se doblegan, y va a caer . . . Pero entre Ana María y Sergio, lo levantan dulcemente y lo llevan, lo llevan . . . ¡Ah! sí, el mozo es Sergio, el hijo de Ana María. ¡Qué pronto se hizo un hombre! Hace un momento Ana María lo llevaba dormido entre sus brazos. No puede ver el rostro del mancebo, solamente la cabeza hermosa con los cabellos alborotados en torno de ella, formando un nimbo juguetón. Al contemplar aquellas espaldas vigorosas y jóvenes, siente una alegría que llena toda la tierra. Y Ana María es esta viejecita que le coge una mano mientras su hijo lo lleva en brazos. El también es un viejecito con la piel arrugada. Eso no le da tristeza porque está con Ana María y con el otro Sergio . . .

Ahora a la vera del camino hay un árbol lleno de florecitas color de oro, y él es este árbol. Sus piernas se han hundido en el suelo; son unas raíces negruscas que serpentean entre la sombra húmeda y apretada de la tierra, pero siente la copa bañada por la luz del sol matinal. Merceditas y Sergio, el chiquillo de Ana María, juegan a su sombra. Como tiene deseos de acariciar a Sergio y a Merceditas, alarga las ramas floridas y comienza a pasar la extremidad sobre los rizos de los niños. ¡Con cuánta suavidad lo hace! Siente que la ternura es la savia que corre por el tronco y las ramas. Pasa el viento y él cubre de pétalos a las criaturas. La risa de Merceditas atraviesa los años como un rayo de sol. Y ríen . . . Entonces un pajarillo que estaba entre el follaje, se echa a cantar y a brincar . . . este pajarillo es el corazón del árbol, y el árbol es él. Sergio . . . ¡Cómo palpita y canta su corazón!